DEUXIÈME ÉDITION

XAVIER DE MONTÉPIN

SA MAJESTÉ

L'ARGENT

I

LES FILLES SANS DOT

PARIS. — E. DENTU, ÉDITEUR, PALAIS-ROYAL

SA MAJESTÉ
L'ARGENT

I

LES FILLES SANS DOT

LIBRAIRIE DE E. DENTU, ÉDITEUR

OUVRAGES DU MÊME AUTEUR

Collection grand in-18 jésus à 3 francs le volume

SOUS PRESSE :

LES DRAMES DU MARIAGE.

LE MÉDECIN DES FOLLES.

F. Aureau. — Imprimerie de Lagny.

XAVIER DE MONTÉPIN

SA MAJESTÉ

L'ARGENT

I

LES FILLES SANS DOT

PARIS

E. DENTU, ÉDITEUR

LIBRAIRE DE LA SOCIÉTÉ DES GENS DE LETTRES

PALAIS-ROYAL, 15-17-19, GALERIE-D'ORLÉANS

1877

SA
MAJESTÉ L'ARGENT

LES FILLES SANS DOT

PROLOGUE

I

Le 20 septembre 1874, vers les onze heures du matin, la bonne ville d'Orléans, habituellement si calme et si peu bruyante qu'elle semble presque endormie, présentait une animation et un mouvement inaccoutumés.

Un régiment de hussards, changeant de garnison, venait d'arriver, musique en tête.

Officiers et soldats, après avoir reçu leurs billets de logement, parcouraient les rues, en quête des gîtes indiqués par la mairie.

Un jeune lieutenant bien monté, suivi de son brosseur qui tenait en main un cheval de race d'assez grand prix, fit halte dans une rue silencieuse, en face de la porte cochère d'une demeure évidemment aristocratique.

Cette porte très-ancienne en chêne massif, garnie de ferrures travaillées par un serrurier artiste, offrait, au milieu de son panneau de gauche, un petit guichet mobile permettant de reconnaître les visiteurs avant de leur ouvrir.

Le point central de l'autre panneau était occupé par un marteau de fer poli, ciselé comme un bijou et dont les arabesques de métal encadraient un écusson timbré de la couronne de marquis.

Le même écusson se retrouvait, sculpté en ronde-bosse, au-dessus de la porte cochère.

L'officier enchâssa dans l'arcade sourcilière de son œil droit le monocle qui pendait sur sa poitrine au bout d'un cordonnet de soie, et regarda tour à tour son billet de logement et le numéro de la maison.

— C'est parfaitement là... — murmura-t-il; puis il ajouta : — Bernard...

— Mon lieutenant? — demanda le brosseur.

— Descends de cheval, et sonne...

— Mon lieutenant, il n'y a pas de sonnette...

— Eh bien! frappe au lieu de sonner... Il y a un marteau... et même il me paraît fort joli...

— Oui, mon lieutenant.

Le marteau soulevé par le jeune soldat retomba en éveillant de lointains échos intérieurs.

Une petite porte de service, voisine de l'entrée principale, tourna sur ses gonds, et dans l'encadrement formé par les montants de granit apparut la rotondité majestueuse d'un concierge entièrement vêtu de noir, qui demanda :

— Qu'y a-t-il pour votre service, mon officier?

L'arrivant répondit par cette question :

— C'est bien ici l'hôtel de la Tour-du-Roy, n'est-ce pas?

— Oui, mon officier, parfaitement...

— Alors, s'il vous plaît, ouvrez...

— Ouvrir? — murmura le concierge — pourquoi faire?

— Pour nous laisser entrer, moi, mon brosseur et mes chevaux...

— Entrer! — répéta le gros homme avec stupeur. — Vous voulez entrer à l'hôtel de la Tour-du-Roy?...

— Eh! oui, sans doute, je veux entrer!... Je le veux et je le dois, puisque mon billet de logement désigne cette maison...

— Ils vous ont donné à la mairie un billet de logement pour chez nous!! — s'écria le concierge dont l'étonnement semblait grandir.

— Si vous en doutez, le voici! —reprit le lieutenant

avec impatience. — Regardez-le donc, et, mordieu!
ouvrez vite, car je commence à trouver au moins
bizarre cette façon négative d'accueillir un officier
qui vous est adressé par l'administration municipale
de votre ville!

— Je vous demande en grâce de m'excuser, mon
lieutenant... Je ne savais pas... je ne croyais pas... je
me hâte...

— Et vous faites bien!

L'important personnage disparut; — on entendit
grincer la clef dans la massive serrure; — les panneaux de chêne s'écartèrent; — le passage se trouva
libre.

Le jeune homme rendit la main à son cheval,
pénétra dans une vaste cour carrée d'un grand caractère, et s'arrêta en promenant ses regards autour
de lui.

L'hôtel qu'il avait sous les yeux était un édifice
beaucoup plus important qu'on ne pouvait le supposer depuis le dehors.

Le principal corps de logis, contemporain de
Louis XIII, comportait à chaque étage quatorze
croisées de façade.

A droite et à gauche des pavillons plus modernes,
mais de même style, formaient deux des côtés du
quadrilatère.

Un perron à l'italienne, à double rampe et couvert de

fleurs, conduisait à la haute baie vitrée donnant accès dans le vestibule.

Des orangers presqu'aussi beaux que ceux des Tuileries s'alignaient devant les fenêtres du rez-de-chaussée dont tous les volets étaient clos.

Trois balcons de pierre, aux balustres sculptés, faisaient saillie sur la cour au premier étage.

Les balcons de l'étage supérieur étaient en fer forgé.

Les teintes bleuâtres des ardoises de la toiture se fondaient harmonieusement avec les tons dorés des vieilles murailles. — Des mansardes quasi monumentales, à crêtes de plomb, couronnaient l'édifice.

A cheval et immobile au milieu de la cour, le lieutenant avait rajusté son monocle sur son œil et il admirait en connaisseur et en artiste cet ensemble imposant.

— Beaucoup de cachet ! — murmurait-il. — Une grande tournure seigneuriale ! — Si j'ai le temps, demain matin, et si les propriétaires le trouvent bon, je ferai un croquis de cette façade...

Tandis qu'il monologuait ainsi, deux hommes de service sortis des écuries s'approchèrent pour prendre les chevaux, et le concierge, rentré dans sa loge, fit résonner le timbre annonçant les visiteurs.

L'officier mit pied à terre. — En même temps un vieux valet de chambre, grand et chauve, raide et gourmé, en habit noir à la française, en culottes courtes et en souliers à boucles d'argent, sortit du vestibule, descendit avec solennité les marches du perron, se dirigea vers le lieutenant, et, l'ayant salué, se posa devant lui en point d'interrogation.

Ce valet de chambre était pâle. — Il avait les paupières rougies comme un homme qui vient de pleurer.

— Quelle figure de l'autre monde! — pensa le jeune officier. — La singularité de l'accueil continue...

Puis tout haut, il dit d'un ton bref :

— Je viens loger ici... — Voilà le billet : *Un lieutenant, son brosseur et trois chevaux...*

Le vieux domestique leva les yeux et les mains vers le ciel, et l'expression de stupeur que nous avons constatée déjà sur le visage du concierge apparut sur le sien, mais plus intense encore.

— Un billet de logement pour nous ! — murmura-t-il entre ses dents. — Ah ! mon Dieu ! qui pouvait supposer chose pareille ! — Il faut en vérité que ces gens de la mairie aient la tête à l'envers absolument, ou qu'ils nourrissent à notre égard un bien grand fonds de mauvais vouloir !...

S'adressant ensuite au lieutenant, avec une politesse contrainte et une raideur manifeste, il ajouta :

— Monsieur veut-il me faire l'honneur de m'accompagner ? — Je suis à ses ordres. — On doit obéis-
sance à la loi...

Sans attendre de réponse il se dirigea vers le perron, en gravit les degrés, s'effaça pour laisser entrer
le jeune homme, et reprit :

— Je présente mes excuses à monsieur l'officier...
Je suis forcé de le laisser seul un instant dans ce vestibule... — les portes du salon sont closes... chercher
les clefs prendrait trop de temps... — Mon absence
durera tout au plus cinq minutes...

Ayant ainsi parlé il s'inclina pour la seconde fois,
et, d'un pas raide et automatique, sortit par une
porte latérale.

— Mordieu ! — pensa le lieutenant en regardant
de nouveau autour de lui, — si je n'étais brisé de fatigue, je passerais ici volontiers non pas cinq minutes
mais une heure ! — Tout cela est très-curieux... ce
vestibule a des airs de musée...

En effet les boiseries de chêne noir servaient d'encadrement à des toiles anciennes de grande valeur
artistique, représentant des batailles et des scènes
champêtres...

Des armures damasquinées d'un précieux travail,
et des trophées d'armes de chasse et de guerre,
occupaient les entre-deux des panneaux.

Sous ces trophées et sous ces armures, des pié-

douches de porphyre supportaient des bustes de
marbre blanc.

— Superbe ! superbe ! superbe ! — continua le
lieutenant en passant sa revue. — Les maîtres de cet
hôtel sont à coup sûr, de père en fils, fabuleusement
riches et gens de goût exquis... — Si le vestibule est
d'un pareil galbe, que doivent êtres les salons ?...

L'examen d'ailleurs ne se prolongea pas longtemps.

Au bout d'un peu moins de quatre minutes, le
valet de chambre reparut.

La raideur de son attitude et l'expression quasi har-
gneuse de sa physionomie s'étaient notablement mo-
difiées, et ce fut d'un ton presque gracieux qu'il dit :

— Je vais avoir l'honneur de conduire monsieur
l'officier à son appartement.— Il y trouvera sa valise
que je viens d'y faire porter...

Le jeune homme suivit son guide dans les montées
d'un escalier grandiose, dont un tapis de moquette
écarlate couvrait les marches de pierre polie.

Ils arrivèrent à la galerie qui desservait le second
étage et prenait jour par huit fenêtres sur un immense jardin planté d'arbres séculaires.

Le valet ouvrit une porte et l'officier franchit le
seuil d'une chambre de proportions amples, dont un
artiste difficile à satisfaire se serait déclaré content.

La décoration et l'ameublement étaient du style
Louis XIII le plus pur.

Les poutrelles sculptées et entre-croisées du pla-
fond formaient des caissons peints de couleurs vives
et rehaussés d'or. — Des tapisseries flamandes revê-
taient les murailles. — Des tentures pareilles encadraient le lit à colonnes et servaient de rideaux et
de portières.

Bahuts, tables et siéges étaient *du temps* — comme
on dit à l'hôtel des commissaires-priseurs — et dans
un état d'admirable conservation.

Le vieux domestique jeta sur cet intérieur un
regard de complaisance.

— Quoique monsieur ne fût point attendu, — fit-il,
— j'espère que rien de trop essentiel ne lui man-
quera céans...

— Ah! pardieu! moi, j'en suis sûr! — Je serai
royalement logé! — répliqua le jeune homme qui,
tout en parlant, prit dans un compartiment de son
porte-cigares une carte de visite et la tendit au
valet, en ajoutant:

— Remettez, je vous prie, cette carte au maître
du logis et veuillez m'informer de l'heure à laquelle
il me sera permis de lui présenter mes devoirs...

En entendant ces paroles si simples, le domestique tressaillit.

— Le maître du logis? — répéta-t-il, — monsieur
ne sait donc rien?

— Eh! non, je ne sais rien!... Que voulez-vous

1.

que je sache? J'arrive et ne connais personne en
cette ville... — Qu'y a-t-il donc?

— Il y a que monsieur se trouve dans une maison
frappée de la foudre... — Nous avons eu l'immense
douleur, il y a trois jours à peine, de perdre subite-
ment le marquis de la Tour-du-Roy, mon maître
vénéré... — Hier, l'hôtel entier était tendu de noir...
— Madame la marquise, absorbée dans un désespoir
trop légitime, ne quitte point son appartement et
n'est visible pour personne... — C'est à grand'peine
que moi-même, tout à l'heure, j'ai pu obtenir de lui
parler... — Madame la marquise, en des circonstances si tristes, ne pourra donc inviter à sa table
monsieur le lieutenant, à qui j'ai mission d'exprimer
ses regrets à ce sujet. — Madame la marquise me
met absolument aux ordres de son hôte... — Monsieur le lieutenant voudra bien m'informer de ses habitudes, et me dire à quelle heure il lui conviendra
qu'on serve son dîner...

— Je suis désolé, je vous assure, — fit vivement
l'officier, — d'être tombé si mal à propos dans une
maison en deuil, dans un logis cruellement éprouvé,
où la présence d'un étranger ne peut qu'être importune... — La mairie d'Orléans, en m'envoyant ici,
a fait preuve d'un singulier manque de tact et d'un
étrange oubli des convenances... — Mieux instruit,
j'aurais sinon refusé, du moins annulé ce billet malen-

contreux, et pris mon gîte dans une auberge quelconque... — A cette heure il est trop tard pour remédier au mal... — Je resterai donc; mais que Dieu
me garde d'être la cause d'un dérangement...

— Monsieur n'en peut causer aucun, — l'hôte de
madame la marquise est ici chez lui... — J'attends
les ordres de monsieur.

— Je n'en ai point à vous donner... — Je vais me
reposer un peu, écrire quelques lettres, et sortir
ensuite... — Il est possible que je rentre tard...

— Monsieur ne dînera donc pas ici?

— Non ; je suis invité, avec mes camarades, par
le corps d'officiers de la garnison... — Vous voyez
que pour moi je n'ai besoin de rien ; mais je vous
recommande mon brosseur, un brave garçon, doux
et facile à vivre, qui ne vous donnera nul ennui.

— Monsieur le lieutenant peut être tranquille... le
jeune soldat sera bien traité... — J'emporte la carte
de monsieur, et je la ferai remettre à madame la
marquise, avant ce soir, par mademoiselle Mariette
la première femme de chambre.

Le vieux domestique se dirigea vers la porte conduisant à la galerie; mais au moment de l'atteindre
il s'arrêta revint sur ses pas et dit:

— Monsieur trouvera dans ce bahut du papier, de
l'encre, des plumes ; enfin tout ce qu'il faut...

Il ajouta, en désignant une portière en face du lit:

— Le cabinet de toilette est là.

Puis il sortit, définitivement cette fois.

Le lieutenant resté seul écarta les pentes de tapisserie signalées par le valet de chambre, et pénétra dans le cabinet voisin.

Là tout était de notre époque et les recherches du confort moderne se montraient sous des formes multiples... — On pouvait même, grâce à un ingénieux appareil, faire de l'hydrothérapie compliquée sans répandre une goutte d'eau sur l'épais tapis, moelleux comme un gazon anglais.

— Quand il me sera tombé du ciel cent cinquante mille livres de rente, — murmura l'officier en souriant, — j'aurai un hôtel comme celui-ci, et un cabinet de toilette installé de cette façon...

Au fond du cabinet se trouvait une porte.

Supposant qu'elle conduisait à quelque autre chambre du même appartement, le visiteur curieux essaya de l'ouvrir mais il n'y réussit point. — Elle était fermée en dehors, et peut-être condamnée.

Peu importait d'ailleurs au jeune homme.

Il fit tourner l'un des robinets d'argent placés sur les cuvettes profondes d'une longue table de marbre blanc. — Il plongea dans l'eau pure son visage et ses mains, puis, bien rafraîchi, il regagna la chambre à coucher et se laissa glisser dans les bras d'un immense fauteuil surmonté d'un dais et garni de velours pourpre que rehaussaient des galons d'or.

Ce siége, œuvre d'art assurément recommandable, ne remplaçait que très-imparfaitement comme meuble de repos les amples chauffeuses capitonnées que les tapissiers du dix-neuvième siècle, — gens pratiques, — ont inventées.

Néanmoins, la lassitude aidant, l'officier ne tarda pas à s'endormir d'un profond sommeil.

Ce sommeil se prolongeait depuis une demi-heure environ, quand un fait singulier se produisit...

II

Un coup d'œil jeté sur la carte de visite remise au valet de chambre par le lieutenant, aurait suffi pour nous apprendre que ce dernier se nommait Marcel Laugier.

Il avait vingt-cinq ans.

C'était un beau garçon, de taille moyenne mais plutôt grand que petit. — Le développement de ses formes annonçait une vigueur exceptionnelle qui n'excluait point l'élégance. — Son visage un peu hâlé par le grand air, et que couronnait une chevelure brune naturellement bouclée, offrait des traits réguliers et sympathiques. — L'intelligence et l'énergie rayonnaient dans ses yeux noirs ombragés par de longs cils donnant au regard une douceur singulière.

Les moustaches légères et soyeuses, d'un ton plus clair que celui des cheveux, se retroussaient avec une allure conquérante.

L'ensemble de cette tête remarquable tenait tout à la fois du soldat et de l'artiste.

Le jeune homme en effet s'occupait de peinture à ses moments de loisir, et les connaisseurs s'accordaient à reconnaître dans ses essais les promesses d'un talent sérieux.

Marcel Laugier appartenait à une très-honorable famille normande de vieille bourgeoisie. — Il était fils unique, possédait du chef de sa mère six ou sept mille livres de rente, et devait hériter, à la mort de son père, d'une fortune relativement considérable.

La guerre franco-allemande avait décidé sa vocation militaire.

Engagé dans un régiment de cavalerie au moment de nos désastres, décoré à la suite d'un brillant fait d'armes accompli sur le champ de bataille de Coulmiers, il était resté au service après la signature du traité de paix, et ses camarades, loin de se montrer jaloux de son avancement rapide et mérité, affirmaient qu'il n'attendrait pas longtemps l'épaulette de capitaine.

Nous avons laissé l'officier profondément endormi depuis une demi-heure dans l'antique fauteuil de chêne sculpté.

Sa tête énergique et fine se détachait vigoureusement sur le velours d'un rouge sombre qui lui servait
de repoussoir.

Sa tunique, dégrafée du haut, laissait voir la blancheur de son cou, pareil à celui de l'Antinoüs ou du
Bacchus indien.

L'une de ses mains, d'un dessin très-pur et d'un
galbe patricien, pendait le long de l'accotoir du
meuble séculaire.

Un peintre, composant un tableau de genre, n'aurait pas disposé son modèle d'une façon plus naturelle et plus élégante.

C'est alors que se produisit le fait singulier men-
tionné par nous à la fin du précédent chapitre.

Le lieutenant se trouvait juste en face de la portière de tapisserie séparant la chambre à coucher du
cabinet de toilette.

Sans qu'aucun bruit se fût fait entendre dans cette
dernière pièce, les pentes lourdes des tentures flamandes s'agitèrent tout à coup.

Une petite main aux doigts effilés couverts de
bagues étincelantes écarta ces pentes avec une lenteur et des précautions infinies, puis dans l'entre-
bâillement étroit apparurent deux grands yeux d'une
étrange beauté et qui semblaient presque fantas-
tiques, le haut et le bas du visage restant ensevelis
sous les tapisseries comme sous un masque.

Ces yeux bizarres se tournèrent vers le dormeur, et pendant quelques secondes se rivèrent en quelque sorte sur lui.

On affirme que le regard fixe et prolongé dégage un fluide magnétique d'une puissance incontestable. — Pour notre part nous ne doutons pas de ce phénomène, et nous pourrions citer à l'appui de notre croyance des exemples nombreux.

Soit que le fluide jaillissant des prunelles mystérieuses agît sur l'officier, soit pur effet du hasard, Laugier fit un mouvement.

Ses paupières battirent, — sa bouche s'entr'ouvrit, — sa main tressaillit dans le vide. — On eût dit qu'il allait se réveiller.

Les doigt constellés de diamants lâchèrent aussitôt la tenture. — Les pentes retombèrent. — La portière se referma cachant les yeux magiques. — Tout disparut.

Le lieutenant avait déjà repris son immobilité ; — pendant une heure encore il dormit.

Au bout de ce temps, sa tête qui s'était peu à peu penchée sur sa poitrine se releva ; il étendit les bras ; il passa l'une de ses mains sur son front pour en chasser un reste de torpeur, et il se sentit reposé et dispos.

Quittant alors le grand fauteuil il écrivit deux ou trois lettres, entra dans le cabinet de toilette qu'il

trouva désert comme au moment de sa première visite, se livra à de nouvelles ablutions, ouvrit sa
valise, revêtit son uniforme de gala, prit une paire
de gants gris perle d'une irréprochable fraîcheur et,
prêt à sortir, tira le cordon d'une sonnette.

Au bout de deux minutes le vieux valet de
chambre fit son apparition et demanda :

— Monsieur a besoin de quelque chose?

— De rien absolument, — répliqua Marcel, — mais
il est possible, je vous l'ai déjà dit, que la réception
des officiers se prolonge jusqu'à une heure assez avancée... — Comment m'y prendrai-je pour rentrer ?

— C'est bien simple... — monsieur frappera à la
porte et le concierge lui ouvrira...

— Sans doute, mais une fois dans la cour ?

— Que monsieur ne s'inquiète point... — il me
trouvera sous le vestibule ...

— Et voilà justement ce que je ne veux pas... —
Je tiens à ne déranger personne... — Plutôt que de
vous voir veiller pour m'attendre, je préférerais finir
la nuit dans la première auberge venue...

— Ce serait faire injure à l'hospitalité de madame la marquise.

— Alors, cherchez un biais.

— Monsieur est-il certain de ne point s'égarer
dans l'escalier et d'arriver sans peine à l'appartement où nous sommes ?

— J'en ai la certitude absolue... — La porte de cet appartement est la troisième à gauche, dans la galerie, au second étage... — Comment me tromper ?

— Je laisserai donc un bougeoir allumé sur une table, au bas de l'escalier, et le concierge se chargera de refermer le vestibule derrière monsieur...

— Très bien !... c'est convenu.

Le lieutenant quitta l'hôtel, mit ses lettres à la poste, se promena dans la ville qu'il ne connaissait pas et se rendit au lieu désigné où les officiers de la garnison offraient un banquet à leurs camarades de passage.

Si la fraternité était bannie du reste du monde, elle se retrouverait dans l'armée. — C'est avec une cordialité sincère et touchante que les officiers d'un régiment accueillent leurs frères d'armes d'un autre régiment.

Le repas fut ce que sont toutes les réunions de ce genre, animé, joyeux, bruyant. — On évita religieusement de parler politique. — On porta des toasts aux souvenirs du passé, aux espérances de l'avenir.

Marcel Laugier se trouvait à table à côté d'un jeune homme de son grade dont il avait été le camarade à l'armée de la Loire. — Enchantés l'un et l'autre de cette rencontre inattendue, les deux officiers renouèrent en quelques minutes l'intimité des mauvais jours, échappèrent aux banalités de la conversation générale et s'isolèrent dans leur entretien.

— Vous habitez Orléans depuis plus d'une année, donc vous devez y connaître à peu près tout le monde... — dit le hussard à son ami.

— Oui, à peu près, — répliqua celui-ci. — Pourquoi cette question ?

— Parce qu'il vous sera possible sans doute de me donner un renseignement que je ne puis demander qu'à vous...

— Je suis à votre disposition. — De quoi s'agit-il ?

— Les hasards du billet de logement m'ont conduit dans une demeure fort aristocratique, mais d'une étrange et mortelle tristesse. — Je suis l'hôte d'une marquise...

— Qui s'appelle?

— La marquise de la Tour-du-Roy... — quelque douairière vénérable, n'est-ce pas ?

— Madame de la Tour-du-Roy une douairière !... s'écria l'interlocuteur de Marcel — vous blasphémez, cher ami !... La marquise a vingt ans à peine et passe à bon droit pour la plus jolie femme du département.

— Vingt ans à peine, — reprit Marcel, — et déjà veuve !

— Depuis trois jours... Eh mon Dieu, oui... — veuve d'un vieux mari, bon et charmant du reste ;

gentleman accompli, mais qui, s'obstinant plus qu'il n'aurait fallu à rester jeune malgré son âge, s'est bel et bien cassé le cou en tombant de cheval dans une chasse à courre !... — S'il s'est senti mourir, je le plains !.. — On doit rudement tenir à la vie quand on possède je ne sais combien de millions et qu'on est le mari d'une femme éblouissante !... — A la place du marquis, sapristi ! je ne me consolerais pas d'être mort !

— Reste à savoir si la marquise le rendait heureux...

— Absolument heureux, personne ne l'ignore. — Madame de la Tour-du-Roy avait sans doute comme toutes les filles d'Ève un petit grain de coquetterie, mais les plus méchantes langues ne disaient quoi que ce soit sur son compte, et le marquis d'ailleurs, homme d'esprit et sachant le monde, ne se serait pas effarouché sans cause... — Son unique chagrin, affirmaient ses amis intimes, venait du manque d'héritiers directs, mais, en dépit de ses soixante-six ans bien sonnés, il ne désespérait nullement.

— En vérité ! — fit Marcel avec un sourire.

— Eh ! cher ami, ne raillez point ! — A tous ceux qui connaissaient M. de la Tour-du-Roy la chose ne semblait pas impossible. — Bref, voilà la marquise veuve, libre, et certainement très-riche, car le défunt qui l'adorait a dû lui donner par contrat ou

lui laisser par testament, sinon sa fortune toute entière, du moins la meilleure part.

— Vraisemblablement, en se mariant, la marquise
était pauvre ?

— Moins millionnaire que son mari, beaucoup
moins, mais agréablement dotée toutefois, s'il faut
en croire le bruit public, son père ayant été l'un
des matadors de la haute Banque de Paris et possédant, pas bien loin d'ici, un domaine des plus confor-
tables... — Ah ! la jeune veuve sera courtisée !.. — Le
jour où il lui conviendra de changer de nom, elle
n'aura que l'embarras du choix...

— Pourquoi diable cette belle fille, ayant une dot
outre sa beauté, avait-elle pris le parti d'épouser un
vieillard ? — demanda le lieutenant.

— Eh ! *chi lo sa?* — On ne peut que le supposer,
mais on a chance de rencontrer juste... — La vanité,
j'en suis convaincu, tournait sa jolie tête... — Le
père étant un simple bourgeois, la brillante enfant
désirait un titre... — Elle rêvait des écussons et des
couronnes sur les panneaux de sa voiture... — Maintenant qu'elle est marquise elle voudra monter encore... — Le temps de son veuvage expiré, il lui
faudra pour le moins un duc... — Il s'en présentera,
gardez-vous d'en douter, et des princes aussi peut-
être, qui n'auront ma foi pas tort... — Si j'étais duc
ou prince, moi qui vous parle, mon ami, je donne-

rais ma démission dès demain et je me mettrais sur les rangs.

— Quel enthousiasme! — s'écria Marcel en riant, — êtes-vous donc amoureux, mon cher?

— Amoureux, pas si sot! — répliqua l'officier, — ou plutôt, amoureux comme tout le monde, car il est impossible de rencontrer la marquise, ne fût-ce qu'une fois, sans éprouver pour elle un sentiment soudain et très-vif... — Cette femme est la séduction incarnée... — vous en jugerez d'ailleurs...

— Et, comment?

— Vous êtes l'hôte de l'hôtel de la Tour-du-Roy... — Témoignez le désir parfaitement naturel de présenter vos respects à la maîtresse du logis...

— Y songez-vous? — Une veuve de trois jours ne peut recevoir un inconnu... — Les plus strictes convenances s'y opposent...

— C'est juste!!! — A moins d'un hasard improbable vous ne la verrez pas... et, après tout, tant mieux pour vous!... — son image incendiaire ne viendra point troubler inutilement vos rêves!... je dis : *inutilement*, car n'étant ni prince, ni duc, vous n'auriez aucune chance de remplacer le premier mari... — Êtes-vous toujours artiste?

— Le plus que je peux.

— Eh! bien, si vous ne voyez pas la marquise, vous aurez du moins une compensation...

— Laquelle?

— Demandez à visiter les appartements de réception de l'hôtel... — C'est une chose qu'on ne peut vous refuser...

— Qu'y trouverais-je de curieux?

— Tout absolument! Plusieurs générations de la Tour-du-Roy ont entassé dans ces salons des merveilles, des chefs-d'œuvre. — C'est un amoncellement d'objets d'art à rendre jaloux les musées de plus d'une capitale...

— Je profiterai du renseignement... si je puis...

— Vous le pourrez, si vous le voulez...

La conversation continua, mais à partir de ce moment il ne fut plus question entre les deux amis de la marquise de la Tour-du-Roy.

Au dîner, — selon la coutume que nous croyons invariable, — succéda un punch monstre qui se prolongea jusqu'à près de minuit.

Bref, à minuit et demi seulement Marcel Laugier, un peu animé par le vin de Champagne, par le punch et par les chartreuses de toutes nuances, regagna son gîte.

Son jeune camarade voulut le reconduire et ne le quitta qu'en face de l'hôtel.

Le lieutenant souleva le marteau de fer et le laissa retomber.

La porte s'ouvrit aussitôt.

L'officier traversa la cour.

Sur le seuil du vestibule il trouva le valet de chambre, un bougeoir allumé à la main.

— Je vous avais prié de ne pas m'attendre ! — s'écria-t-il.

— Sans doute, et j'en remercie monsieur, mais j'ai pensé qu'il était plus correct de ne me point conformer en cette circonstance aux bienveillantes injonctions que j'avais reçues... — Je vais avoir l'honneur de guider monsieur...

II

Comme le matin de ce même jour, le vieux domestique précéda cérémonieusement Marcel dans les
montées de l'escalier.

— Allumerai-je les bougies des candélabres? —
demanda-t-il en franchissant le seuil de la chambre
aux tapisseries.

— C'est absolument inutile, je vais me coucher
tout de suite.

— J'ai l'honneur de souhaiter une bonne nuit à
monsieur.

— Merci.

Le valet posa son bougeoir sur la cheminée et se
retira.

Le lieutenant jeta un regard au large lit Louis XIII,
dont les draps d'une blancheur de neige et l'oreiller

garni de dentelles semblaient l'inviter au sommeil.

— Il fera bon dormir, — murmura-t-il en se débarrassant de sa tunique. — Le vin de Champagne et le punch m'alourdissent la tête. — C'est étonnant comme j'ai chaud...

En un tour de main, il fut aux trois quarts déshabillé, ne conservant que son pantalon et sa chemise.

— Dehors il faisait frais cependant... — continua-t-il, — je vais ouvrir la porte-fenêtre donnant sur le balcon et fumer un cigare au grand air... — Ces vieux bâtiments d'un style sévère doivent être superbes au clair de la lune...

Marcel choisit un régalia parmi ceux que renfermait son porte-cigares, et il se disposait à l'allumer quand une apparition imprévue arrêta net le mouvement commencé.

Les pentes de tapisserie formant la portière du cabinet de toilette s'écartaient, et le lieutenant voyait avec stupeur une femme entrer dans la chambre.

Cette femme ou plutôt cette jeune fille semblait avoir vingt ans à peine.

Elle était belle à ravir, et non moins distinguée que belle malgré l'évidente humilité de sa condition.

Modestement vêtue, ainsi que le sont presque toujours les cameristes dans les vieilles familles de province, elle appartenait certainement au service de la marquise, mais l'élégance de sa tournure formait un frappant contraste avec son costume de servante.

Le corsage étroitement ajusté de sa robe de laine noire dessinait une taille ronde et fine, souple et cambrée, et les contours exquis d'un buste de statue. — Le tablier de percale blanche se nouait sur des hanches faites pour le corsage cuirasse et pour les jupes à traînes immenses des étoiles de la haute gomme.

Une profusion de cheveux ondés, d'un ton de cuivre rouge, se dissimulait mal sous le petit bonnet de linge à rubans noirs. — Leurs mèches folles et révoltées s'échappaient sur le front, et cinq ou six longues boucles, soyeuses et brillantes, inondaient les épaules et descendaient jusqu'au bas de la taille.

Le visage aux traits fins et corrects sans la froideur classique, et d'une originalité piquante, offrait l'éblouissante carnation des rousses. — Les yeux étaient presque trop grands, d'un vert foncé aux teintes changeantes. — Les sourcils bruns et les cils noirs tiraient un coup de pistolet sur les roses broyées du teint. — Les lèvres d'un rouge de sang, entr'ouvertes sur des dents blanches, complétaient un ensemble dont aucune expression ne saurait rendre l'attraction irrésistible, le charme pénétrant.

L'indéfinissable expression de la physionomie

ajoutait à ce charme l'attrait d'une énigme irritante.

Cette servante invraisemblable et plus séduisante à coup sûr que la plus séduisante des soubrettes de comédie, semblait à la fois pleine d'audace et de timidité. — Ses yeux étaient en même temps effrontés et presque candides. — L'effarouchement d'une gazelle et la provocation naïve se fondaient à doses égales dans son attitude contrainte et dans son sourire indécis.

Résolûment, à minuit passé, elle entrait dans la chambre d'un beau garçon à demi dévêtu près d'un lit découvert; mais en entrant elle avait grand'-peur.

Cela se devinait au petit tremblement de ses mains qui soutenaient un plateau chargé d'un gobelet d'argent, d'un sucrier et de deux flacons de verre de Venise à étoiles d'or.

Agité jusqu'à l'émotion, troublé jusqu'à la gaucherie par cette vision inattendue, le lieutenant d'abord resta muet, dévorant du regard la nouvelle venue et cherchant à s'expliquer sa présence, puis il réfléchit que le meilleur moyen de savoir était de demander, et il dit :

— Que me voulez-vous, mademoiselle?

La jeune fille s'attendait certainement à cette question, car elle répondit d'une façon très-nette, quoique d'une voix mal assurée :

2.

— Je viens réparer un oubli du vieux Dominique... J'apporte ceci à monsieur.

Tout en parlant, elle déposait le plateau sur la table. Marcel sourit.

— Et comment saviez-vous, — reprit-il, — que le vieux Dominique avait commis cet important oubli?

— C'était facile à voir, et je l'ai vu du premier coup d'œil quand je suis venue ce soir découvrir le lit de monsieur l'officier...

— Tiens! tiens! tiens! — pensa le jeune homme, — et cette belle fille a pris soin d'attendre, pour agir, que tout le monde fût couché dans l'hôtel... — C'est particulier... — Ah! si j'étais fat...

Il reprit:

— Comment vous nommez-vous, mon enfant?

La visiteuse nocturne fit une révérence de paysanne d'opéra-comique et répliqua:

— Mariette, monsieur, pour vous servir...

— Quelles sont vos attributions dans l'hôtel, mademoiselle Mariette?

— Je suis première femme de chambre de madame la marquise...

— Et madame la marquise sait-elle qu'en ce moment vous êtes ici?

— Ah! Dieu, non, monsieur, heureusement, car si elle le savait elle me renverrait demain, bien sûr.

— Pourquoi donc?

— Parce que je comprends présentement que je n'aurais pas dû venir...

— En vérité?

— Oh! oui, monsieur... mais je n'ai pensé.à rien... je suis venue... et je m'en vais...

Et mademoiselle Mariette, tout en parlant de s'en aller, ne s'en allait pas le moins du monde.

— De plus en plus singulier ! — se dit Marcel. — Cette perle d'antichambre est-elle une innocente ou une rouée? — Il faudra voir...

La jeune fille avait les yeux baissés, et, pour se donner une contenance, roulait entre ses doigts l'un des cordons de son tablier.

Marcel continua:

— Vous avez eu raison de venir...Votre présence me réjouit la vue... — Vous savez que vous êtes étonnamment jolie... On vous l'a dit souvent, n'est-ce pas?

La soubrette ne répondit point.

— Pourquoi vous taisez-vous?

Même silence.

— Vos amoureux vous l'ont répété sur tous les tons, — poursuivit le lieutenant — et, à leur défaut, votre miroir aurait suffi pour vous l'apprendre...

Mademoiselle Mariette fit une imperceptible moue.

— Ma parole d'honneur,— pensa le jeune homme, — je suis prodigieux de vulgarité! — Je me fais honte à moi-même... — Ce sont des galanteries de collé-

gien que je récite à cette fille... mais pour une simple femme de chambre il me semble que ça doit
suffire... — Joignons à ce discours un peu de panto-
mime...

Il prit la main de la soubrette, la regarda non sans
surprise et la porta vivement à ses lèvres.

— Mais c'est une merveille que vous avez là ! —
s'écria-t-il. — Ces doigts effilés... ces ongles roses...
cette peau transparente et parfumée... — Une marquise en serait jalouse !...

Mademoiselle Mariette retira sa main et la cacha
sous son tablier, comme gênée par cet examen.

— Que veut dire cette comédie ? — se demanda
l'officier. — Mon marivaudage à coup sûr n'amuse
point cette enfant étrange... — Ah ! si j'osais tenter
l'aventure... — Pourquoi ne pas oser ? — Après tout,
qu'est-ce que je risque ?

Il s'était rapproché de la camériste et, croyant certain d'avance qu'il allait être repoussé, il glissa l'un
de ses bras autour de sa taille arrondie.

Mademoiselle Mariette, les yeux baissés plus que
jamais, ne fit pas un mouvement.

Le second bras rejoignit le premier et tous les
deux formant une chaîne enlacèrent la soubrette,
tandis que les lèvres de Marcel effleuraient les mèches
folles et les joues veloutées.

Silencieuse et passive, la jeune fille n'essayait

point de se dégager, mais le lieutenant la sentait trembler et presque défaillir dans ses bras.

Il était impossible de s'y méprendre. — Ni ce tremblement, ni cette défaillance ne provenaient du trouble des sens. — Ils décelaient une sorte d'angoisse.

Marcel desserra son étreinte, sans cependant la rompre tout à fait :

— Mariette, — demanda-t-il, — est-ce que vous avez peur de moi ?

— Oh ! non... — balbutia la jeune fille.

— Alors, pourquoi tremblez-vous ainsi ?

— Je ne sais pas...

— Bien vrai ?

— Oui, monsieur.

— Mariette, avez-vous un amant ?

La cameriste secoua la tête.

— Faut-il vous croire ? — continua l'officier entièrement incrédule.

Mariette fit un signe affirmatif.

— Et vous n'avez jamais eu d'amoureux ?...

— Jamais...

— Eh bien, à présent, vous en avez un... — Voulez-vous de moi pour votre amoureux, Mariette ?...

— Vous vous moquez... vous ne m'aimez pas...

— Mariette, je vous aime... oui, sur mon honneur, je vous jure que je vous aime...

Le lieutenant ne mentait point, pour la minute

présente du moins. — La capiteuse beauté de l'énigme
vivante qu'il pressait contre sa poitrine, le grisait,
lui troublait le cœur et lui mettait la tête à l'envers.

— J'ai juré... — reprit-il... — me croyez-vous ?...
je vous adore...

Et, sans attendre la réponse, il resserra la chaîne
qui rendait Mariette captive et il couvrit son cou de
baisers avec une ardeur inquiétante.

La belle fille, d'un mouvement brusque, imprévu,
irrésistible, se dégagea de l'amoureuse étreinte et
s'élança vers la cheminée.

— Allons, — pensa Marcel, — je suis allé trop vite !
Elle m'échappe et ne reviendra plus. — C'est
dommage ! Mais je ne la poursuivrai pas... — Du
bruit dans cette maison... du scandale... impossible...

Qu'on juge de la stupeur du jeune homme.

Mariette au lieu de fuir éteignit d'un souffle
l'unique bougie, puis, profitant des ténèbres profondes, revint au lieutenant, lui fit à son tour une
chaîne de ses deux bras, et murmura tout bas à son
oreille :

— Moi aussi je vous aime... C'est pour cela que je
suis venue... et c'est pour cela que je reste.

.   .   .   .

.   .   .   .

Quand l'officier sortit d'un profond sommeil, un

rayon grisâtre se glissait sur le tapis par l'entre-bâil-
lement des rideaux de la porte-fenêtre.

L'aube pâle d'un matin d'automne éclairait faiblement la chambre.

Marcel se retourna vivement.

Il était seul.

Il jeta un regard sur la table où Mariette avait dé-
posé le plateau d'argent.

Ce plateau avait disparu.

— Ainsi, c'était un rêve... — se dit-il en soupirant
malgré lui, — un rêve bien joli et qui ressemblait
étrangement à la réalité... — Que ne puis-je rêver
ainsi toutes les nuits !...

En ce moment retentit sur les pavés de la cour
d'honneur un bruit de chevaux et de voitures.

Le jeune homme sauta en bas de son lit, s'approcha
de la fenêtre et, s'enveloppant dans les rideaux,
regarda.

Un landau bien attelé sortait de la cour, suivi
d'un omnibus chargé de bagages.

Les cochers et les valets de pied étaient en grand
deuil.

On referma la porte cochère derrière les deux voitures ; et le silence régna de nouveau.

Marcel, au lieu de regagner son lit, se dirigea
vers le cabinet de toilette.

Le premier objet qui frappa ses yeux fut un petit bonnet de linge, orné d'un ruban noir et tombé sur le tapis.

— Je n'avais pas rêvé ! — murmura-t-il presque à voix haute, — Mariette existe !

IV

Marcel Laugier ramassa le petit bonnet et le contempla pendant quelques secondes avec une réelle émotion.

De vagues effluves du parfum subtil et pénétrant de la chevelure cuivrée dont il avait caché les nattes s'exhalaient de l'étoffe et vinrent caresser les narines du jeune homme.

Le lieutenant approcha de son visage le chiffon féminin et le pressa sur ses lèvres, mais il s'arrêta brusquement et sourit d'une façon presque moqueuse.

— Je suis absurde! — murmura-t-il. — Une femme de chambre, est-ce que cela se prend au sérieux?...

Après une seconde de réflexion, il ajouta :

— Eh! pourquoi non? — Ai-je vraiment le droit
de me montrer dédaigneux? Est-il une seule de mes
aventures de garnison qui vaille celle-là? — Mariette
est la plus belle fille que j'aie vue! c'est une splendide créature! Il faut que la marquise soit bien sûre
de sa propre beauté pour souffrir auprès d'elle un
chef-d'œuvre pareil! — Cette nuit qui n'aura pas de
lendemain prendra sa place parmi les meilleurs souvenirs de ma vie...

Ayant ainsi monologué, Marcel enveloppa le petit
bonnet dans une feuille de papier de soie, et le joi-
gnit à toute une collection de gants fanés, de fleurs
flétries, de boucles brunes et blondes, de photogra-
phies et de billets sans dates, entassés au fond de sa
valise dans un coffret mignon, et constituant les reli-
ques sentimentales de son passé; puis il referma le
coffret, en formulant cet aphorisme philosophique
devenu lieu commun :

— Toutes les femmes sont égales devant l'amour !...

Une heure plus tard arriva le valet de chambre apportant du chocolat à Marcel.

— Monsieur a-t-il passé une bonne nuit? — lui
demanda-t-il.

— Excellente... — répondit le lieutenant. —Même
je dormirais probablement encore si je n'avais été
réveillé au point du jour par un bruit de chevaux et
de voitures...

— En effet, le landau et l'omnibus ont été attelés de grand matin... — Madame la marquise quittait l'hôtel...

— Ah! — fit Marcel.

— Oui, monsieur... — continua Dominique, — madame retourne au château de la Tour-du-Roy, où elle passera les premiers mois de son deuil...

— Madame la marquise est partie seule?

— Les gens de sa maison suivaient dans l'omnibus... — Du reste, presque tout notre personnel se trouve au château... — Nous n'étions à Orléans que pour quelques jours et nous avions amené fort peu de monde.

Après un moment d'hésitation, le lieutenant reprit d'un air qu'il s'efforçait de rendre indifférent:

— Je suppose que les femmes de chambre accompagnent leur maîtresse...

Dominique regarda son interlocuteur avec une surprise manifeste.

— Mais certainement... — répondit-il. — Pourquoi monsieur me fait-il l'honneur de me demander cela?

— En vérité, je n'en sais rien... — balbutia le jeune homme qui ne put s'empêcher de rougir.

— Est-ce que monsieur connaît mademoiselle Mariette ou mademoiselle Jenny, par hasard?

— En aucune façon... Comment voulez-vous que

je connaisse ces demoiselles ? — et il reprit vivement, pour cacher son trouble : — Le château de la Tour-du-Roy se trouve-t-il à une grande distance d'Orléans ?

— A trente kilomètres environ... — C'est l'affaire de deux heures pour nos carrossiers... — Feu M. le marquis, mon maître regretté, avait une écurie de premier ordre... — il adorait les chevaux... — Ça ne lui a pas porté bonheur !

Et le vieux Dominique essuya ses yeux en poussant un gros soupir.

— L'habitation, sans doute, est belle ? — continua Marcel.

— Ah ! monsieur, magnifique !... l'une des plus belles du Loiret... — Un château princier bâti par un architecte très-célèbre de l'ancien temps... — Et le parc ! — Cinquante hectares plantés de futaies séculaires et clos de murs... — Nous avons là-dedans des cerfs et des chevreuils comme en pleine forêt... — Et les fermes ! et les prairies !... — Les domaines de la Tour-du-Roy rapportent, bon an, mal an, soixante-dix mille francs nets d'impôt...

— Le marquis possédait une très-grande fortune ?

— Énorme, monsieur... — Plus de trois cent mille livres de rentes...

— Et pas d'enfants ?...

— Hélas ! — c'était son seul chagrin ! — mais il en

aurait eu certainement, si Dieu ne l'avait rappelé à lui. — Malgré son âge il valait un jeune homme.

— Sait-on qui hérite de ses biens ?

— On a lu le testament à madame avant-hier. Mais j'ignore ce qu'il contenait. — Je suppose que madame la marquise a la plus grosse part... — M. le marquis était littéralement fou de sa femme.

— Madame de la Tour-du-Roy est, dit-on, d'une merveilleuse beauté...

— On a bien raison de le dire... — Madame la marquise n'a pas sa pareille... — On se sent ébloui en la regardant... — Feu mon maître, qui jusqu'à soixante-cinq ans passés ne voulait pas entendre parler de mariage, l'avait épousée par amour...

La curiosité du lieutenant était satisfaite ; — la conversation tomba.

— Monsieur a-t-il des ordres à me donner ? — demanda Dominique.

— Aucun, mais il dépend de vous de faire une chose qui me serait agréable.

— Je serai trop heureux d'obliger monsieur... — De quoi s'agit-il ?

— On affirme que les appartements de réception de cet hôtel sont remplis d'objets d'art du plus rare mérite...

— C'est la vérité... — Je ne m'y connais pas beau-

coup, mais on estime les tableaux et le reste plus
d'un million...

— Madame la marquise ayant quitté l'hôtel, je
puis sans indiscrétion, je suppose, vous prier de me
faire parcourir les salons...

— Rien de plus facile... — Presque tous les
étrangers de passage dans la ville présentent la même
requête... — Ils aiment mieux venir ici qu'au Musée,
et ils ont raison... — On ne refuse à personne — (je
parle des gens comme il faut, bien entendu...) — En
l'absence des maîtres, le concierge a même l'autorisation d'admettre les amateurs... — Quand monsieur veut-il visiter?...

— Je dois me rendre ce matin chez mon colonel...
— Je serai de retour à neuf heures.

— Eh! bien alors les volets seront ouverts à neuf
heures et monsieur me trouvera à ses ordres.

Au moment indiqué, Marcel rentra.

Dominique l'attendait sous le vestibule et l'intro-
duisit sans le moindre retard dans les appartements
de réception.

Ces appartements, prenant jour à la fois sur la cour
et sur le jardin, occupaient tout le rez-de-chaussée.

Ils se composaient de trois grands salons en enfilade, aboutissant à un plus petit, de forme ovale,
servant de salle de jeu les soirs de fête, et communiquant lui-même avec une serre vitrée ou plutôt un

jardin d'hiver de vastes proportions, où des lustres en cristal de roche noyaient leurs girandoles dans les arceaux de verdure des arbres des Tropiques.

Nous ne donnerons point ici une nomenclature minutieuse qui serait sèche comme le procès-verbal d'un commissaire-priseur.

Le grand Balzac pouvait seul tenir ses lecteurs sous le charme en décrivant par le menu les merveilles rassemblées par la patience d'un collectionneur dans le logis du cousin Pons.

Il nous suffira de dire que non-seulement Marcel n'éprouva nulle déception, mais encore que la réalité dépassa de beaucoup son attente.

Dans ces salons immenses tout était absolument beau : les siéges en tapisserie au petit point, d'une conservation prodigieuse ; les meubles anciens incrustés d'ivoire gravé ; les lustres, les pendules, les tableaux de grands maîtres accrochés aux boiscries, auraient enorgueilli le palais d'un roi.

Les vases de Sèvres et du Japon, les majoliques, les groupes de Saxe, les statuettes d'ivoire, de marbre et d'argent, les émaux, les faïences du temps de Henry III stupéfiaient le regard.

Pas une œuvre médiocre ne détonnait dans cette réunion de choses parfaites, rarissimes ou plutôt introuvables.

Des toiles splendides de Le Sueur, de Rubens, de

Van Dick, de Léonard de Vinci, et de bien d'autres qui les valaient presque, donnaient la sensation de l'infiniment beau.

Ils étaient loin de compte ceux qui n'estimaient qu'un million de telles richesses.

Sous le marteau de M. Léon Pillet, ces merveilles artistiques seraient montées à plus du double.

Marcel passa deux heures dans les trois premiers salons, ravi en extase, transporté d'admiration au point de ne songer même plus à l'aventure de la nuit précédente, et n'écoutant pas un seul mot des explications ultra-naïves que Dominique, prenant au sérieux son rôle de cicerone, se croyait obligé de lui fournir.

Il ne restait à visiter que le salon ovale communiquant avec le jardin d'hiver.

Le lieutenant en franchit le seuil.

Un portrait d'homme, un portrait moderne, de grandeur naturelle et signé Carolus Duran, occupait le panneau situé à droite d'une monumentale cheminée de marbre rouge.

Marcel s'arrêta devant ce portrait.

C'était celui d'un homme de haute taille et de grande mine, en costume de cheval, portant sur la culotte de daim des bottes éperonnées et tenant à la main un fouet de chasse.

Ce gentleman aux traits réguliers, à la physionomie

aristocratique et bienveillante, semblait à peine un vieillard quoiqu'il eût les cheveux, les favoris et les moustaches d'une blanchéur d'argent. — Ses yeux, sous les sourcils restés noirs, étaient des yeux de jeune homme.

Dans l'angle supérieur du tableau se voyait un écusson timbré de la couronne de marquis.

Marcel se tourna vers Dominique.

— M. de la Tour-du-Roy, n'est-ce pas? — lui demanda-t-il.

Le vieux domestique essuyait ses paupières. — Sa voix s'étouffa dans son gosier, et ce fut par un signe de tête qu'il répondit affirmativement.

— Ah! vous aviez raison! — reprit l'officier. — Le maître de cette maison portait aussi vaillamment son âge que ses ancêtres portaient leurs cuirasses... Il avait certes le droit de compter sur vingt années de vie au moins!... — Je comprends que sa femme pouvait l'aimer, quoiqu'il eût neigé sur sa tête... — Quand ce portrait a-t-il été peint?

— Il y a un an à peu près... — Celui de madame la marquise devait lui servir de pendant.

Marcel se tourna vivement vers le panneau de gauche.

Ce panneau était vide.

— Vous parliez du portrait de madame de la Tour-

3.

du-Roy, — reprit le jeune homme. — N'a-t-il pas
été fait?

— Pardon, monsieur... il est là.

Dominique désignait du geste un grand chevalet
d'ébène, supportant un tableau caché par une toile
verte.

— On se disposait à le mettre en place le jour
même où le malheur est arrivé... — continua-t-il —
Dieu sait maintenant quand il quittera son chevalet...

— Est-il possible de le voir?

— Pourquoi non? — Monsieur se rendra compte
par lui-même de la grande beauté de madame, et
conviendra que je n'ai rien exagéré...

En même temps Dominique enlevait la toile verte.

Marcel devint d'une pâleur mortelle et chancela
comme un homme qui vient de recevoir en pleine
poitrine un coup violent.

Tout le sang de ses veines affluait à son cœur. —
Son crâne lui semblait près d'éclater, et pendant
une ou deux secondes il se demanda si quelque soudain accès de folie n'envahissait point son cerveau.

Il y avait assurément de quoi...

Son premier regard lui donnait l'étrange certitude que mademoiselle Mariette et la marquise de la Tour-du-Roy, la prétendue soubrette
et la vraie grande dame, n'étaient qu'une seule
femme...

Il essaya cependant de lutter contre l'évidence, tant cette évidence lui paraissait invraisemblable. — Il entreprit de se démontrer qu'il était dupe d'une illusion, d'une ressemblance vague, et qu'enfin le témoignage de ses yeux l'abusait.

Le doute ne pouvait durer longtemps.

L'identité s'imposait, victorieuse.

La marquise de la Tour-du-Roy avait bien pu changer de costume et se composer une attitude, elle n'avait pu changer de visage.

Peinte en robe de bal par Chaplin, décolletée, la poitrine et les bras nus, des diamants autour du cou, des diamants dans les cheveux, la flamme aux regards, le sourire aux lèvres, unissant aux charmes de la femme les grâces de la patricienne, elle semblait certes plus imposante sinon plus séduisante que Mariette en bonnet de linge et en robe de laine noire, mais sa chevelure prodigue et cuivrée, sa prunelle d'un vert profond, ses cils et ses sourcils presque noirs, ses lèvres rouges, sa taille flexible, appartenaient à Mariette comme à elle, ou plutôt constituaient Mariette elle-même...

C'était prodigieux, assurément, — inimaginable, — inouï, — mais c'était positif.

Dominique s'aperçut du trouble de Marcel, mais il n'en pouvait deviner la cause.

— Monsieur voit que j'avais raison, — dit-il. —

Monsieur est ébloui... Madame éblouit tout le monde...

— La marquise de la Tour-du-Roy est très-belle en effet, — balbutia le lieutenant.

Et, sans rien ajouter, il s'absorba dans une contemplation que Dominique ne tarda pas à trouver un peu longue.

Quand le jeune homme quitta le petit salon, la tête en feu, il était en face d'un problème qui désormais allait troubler son existence et qui se formulait ainsi :

— Pourquoi ce vivant chef-d'œuvre, cette grande dame de vingt ans, veuve depuis trois jours, qui ne me connaissait point la veille, s'est-elle déguisée pour se donner à moi ? — Est-ce une Messaline ? Est-ce une folle ? — Sous cet incompréhensible abandon, si brusque et si complet, que rien n'explique, que rien ne justifie, quel mystère étrange cache cette femme ? — Faut-il la fuir ou la poursuivre ?

Et il se répondait :

— Il faut la revoir... je l'adore !...

FIN DU PROLOGUE.

PREMIÈRE PARTIE

LE MARIAGE DE LAZARINE

I

Deux années environ avant la singulière aventure que nous venons de raconter, le banquier Jules Leroux tenait une place importante parmi les notabilités de la haute banque parisienne.

Jules Leroux faisait les affaires en très-grand. — Il spéculait avec une audace souvent imprudente, mais qui, couronnée presque toujours par le succès, lui donnait une réputation d'habileté absolument hors ligne.

L'hôtel construit exprès pour lui entre cour et jar-

din était l'un des plus beaux du boulevard Haussmann. — Ses bureaux et son cabinet occupaient un
petit hôtel contigu, qu'une galerie vitrée mettait en
communication avec l'habitation principale.

S'il fallait en croire les bruits de Bourse, la fortune
de Jules Leroux dépassait dix millions, et, faisant
la boule de neige, grossissait chaque jour dans
des proportions invraisemblables.

Le banquier, âgé de cinquante-quatre ou cinquante-cinq ans, n'avait rien de commun avec ces
faiseurs pour qui tous les moyens sont bons quand il
s'agit de conquérir d'abord la fortune, et ensuite
d'en augmenter le chiffre. — Il possédait incontesta-
blement la probité vulgaire qui consiste à faire honneur à ses engagements et à se tenir pour obligé
aussi bien par sa parole que par sa signature, mais
en dehors de cette délicatesse que nous pourrions ap-
peler commerciale, il manquait absolument de sens
moral et le bagage de ses principes était des plus légers.

Veuf depuis dix ans et libre d'arranger sa vie à sa
guise, l'homme d'argent chez lui se doublait d'un
homme de plaisir. — Il adorait le luxe sous toutes
ses formes. — On citait ses chevaux et ses voitures. — On le voyait partout où se rencontrent les
gens qui s'amusent; il consacrait enfin aux aimables
personnes de fragile vertu la meilleure partie du
temps qu'il ne donnait pas aux affaires.

Ce millionnaire avait trois filles, toutes les trois parfaitement jolies, mais de beautés absolument dissemblables.

Lazarine, l'aînée, était âgée de dix-huit ans au moment où ce récit commence. — Renée suivait sa sœur à un intervalle d'une année, et Jeanne, la plus jeune, atteignait son seizième printemps.

Le banquier aimait ses filles, il les aimait même beaucoup, mais à sa manière, et rien au monde ne se pouvait imaginer de plus fantaisiste que la façon dont il avait compris et dont il pratiquait les devoirs paternels.

L'idée de mettre ses enfants en pension, soit au couvent des Oiseaux, soit au Sacré-Cœur, ne lui était pas même venue.

Les petites Leroux recevaient au logis les leçons de maîtres de toutes sortes, fort bien choisis, chèrement payés, mais, personne ne les encourageant au travail et ne s'inquiétant de leurs progrès, elles n'apprenaient en réalité que les choses qui les amusaient, l'équitation, la danse, assez de dessin pour croquer une caricature, assez de musique pour tapoter un quadrille ou accompagner un couplet.

Nous ne parlons en ce moment que de Lazarine et de Renée. — Au point de vue de l'étude comme à beaucoup d'autres, — nous le verrons bientôt, — Jeanne ne ressemblait en rien à ses sœurs.

Quand par hasard Jules Leroux traversait le petit salon métamorphosé en cabinet de travail, il manquait rarement de dire :

— Vous piochez ferme, mes mignonnes, c'est fort bien, mais ne vous fatiguez pas trop... — Quand on est très-jolies et qu'on sera très-riches, point n'est besoin d'être très-savantes... — Les millions, c'est la science infuse, et vous aurez des millions, vous en aurez, je vous le promets, à n'en savoir que faire...

Ses leçons de morale se formulaient à peu près de cette façon :

— La première des vertus, mes enfants, c'est la fortune... Elle renferme toutes les autres... — Quiconque peut puiser au Pactole est honnête naturellement, et généreux sans la moindre peine... — Il faut marcher avec son époque, voyez-vous, et nous vivons en un temps où le dieu Lingot est le seul qui ne rencontre point d'incrédules, et où l'unique souverain qu'on ne songe pas à détrôner s'appelle Sa Majesté l'Argent !...

Lazarine et Renée comprenaient cela le mieux du monde.

Jeanne se sentait moins convaincue. — Il lui semblait qu'il n'était pas bon de penser et de parler ainsi, mais la douce et timide enfant ne soulevait aucune objection. — Elle savait trop bien que son père conserverait malgré tout sa manière de voir, et que ses sœurs se moqueraient d'elle, ce dont, en toute occasion, elles ne se faisaient faute.

Aussitôt que les deux aînées eurent atteint leur dix-septième et leur seizième année, Jules Leroux, les trouvant suffisamment instruites, congédia les maîtres, et, zélé partisan des mœurs américaines, mit la bride sur le cou de ses filles, leur ouvrit un crédit illimité pour leurs toilettes et leurs caprices, et leur accorda une liberté sans restrictions et sans contrôle.

Lazarine et Renée eurent leurs équipages particuliers, leurs attelages de parc, leurs cobs de selle, leurs cochers et leurs grooms.

Elles allèrent le matin au Bois, à cheval, suivies d'une escouade de jolis gommeux qui leur avaient été présentés dans les bals des hauts barons de la finance, où leur père les conduisait et où elles valsaient et dansaient le cotillon avec la désinvolture la plus parfaite.

Elles mettaient pied à terre sans la moindre gêne à Madrid ou à la Cascade, et trempaient un biscuit dans un verre de xérès.

L'après-midi, à l'heure du tour du lac, elles retournaient au Bois, soit en conduisant elles-mêmes leurs poneys endiablés, soit en étalant des toilettes d'une

inénarrable excentricité sur les coussins de leurs
victorias.

Tout le monde les connaissait et elles connaissaient tout le monde.

Si un provincial, fourvoyé au Percy en compagnie
d'un Parisien, demandait à son cicerone :

— Quelles sont ces jolies filles, si voyantes ?

Le Parisien répondait :

— Ce sont les petites Leroux...

Exactement comme il aurait répondu :

— Ce sont les petites Drouard...

— Des comédiennes ? des cocottes ? — reprenait le
provincial.

— Non, mon cher, des millionnaires...

— Ah ! bah !

— Mon Dieu oui, c'est comme ça. — On peut les
épouser... — Mettez-vous sur les rangs si le cœur
vous en dit, et si vous avez seulement trois ou quatre cent mille livres de rentes...

On rencontrait Lazarine et Renée au tir aux pigeons ;
— on les retrouvait au Cercle des patineurs ; — au
Salon ; — aux ventes de l'hôtel Drouot, superbes de
crânerie en disputant des bibelots à coup de billets de
banque sous le feu des enchères... — Elles semblaient jouir du don d'ubiquité.

Elles avaient *leur jour* et recevaient les amis de
leur père et les gommeux mentionnés plus haut.

On prenait du punch *entre camarades* et l'on fumait des cigarettes en faisant des potins.

Le banquier honorait quelquefois de sa présence, pendant une heure ou deux, ces petites réunions intimes, s'y montrait d'une gaieté folle, et véritablement s'y divertissait beaucoup.

— Ma parole d'honneur, très-cher, — dit-il un jour à son ami intime le vieux prince Godefroy de Castel-Vivant, un type bien curieux que nous ne tarderons guère à présenter à nos lecteurs, — mes filles sont aussi drôles que Tata !

Mademoiselle Tata était pour le moment la favorite régnante.

—Beaucoup plus drôles ! — répliqua le prince. — C'est un compliment à vous faire, et je vous le fais de tout cœur !

Les deux sœurs manquaient rarement une première représentation et ne reculaient point devant les théâtres où les jeunes mariées ne se hasardent qu'avec un éventail de grand modèle.

Elles étaient assidues au Palais-Royal, aux Variétés, aux Folies-Dramatiques et aux Bouffes, voire même aux Folies-Marigny, tout autant qu'à la Comédie-Française, au Gymnase ou à l'Opéra-Comique.

Ce cliché à l'usage des chroniqueurs enregistrant les étoiles des salles de *premières*, se trouvait tout composé sur le marbre des imprimeries : *Les deux*

*charmantes filles de l'un de nos plus riches banquiers,
J... L..., brillaient dans une avant-scène du double éclat
de leurs toilettes et de leur beauté.*

Une telle existence avait naturellement fait de
Lazarine et de Renée des gommeuses de haute
futaie qui, joignant l'excentricité du langage à
l'excentricité des allures, parlaient couramment l'argot parisien des ateliers et des coulisses, et possé-
daient à fond le javanais et les finesses de la *langue
verte*. — Elles n'avaient nulle idée des plus simples
convenances, et traitaient leur père avec une familiarité choquante, en camarade de plaisir ; — ce que
d'ailleurs il trouvait charmant.

Il semble logique de penser que, dans les insanités
quotidiennes d'une existence si en dehors, Lazarine
et Renée s'étaient absolument et irréparablement
compromises.

Le mal existait à coup sûr, mais moins complet
qu'on ne devait le croire.

Le système d'éducation de Jules Leroux étant
connu généralement, on blâmait le père beaucoup
plus que les filles et l'on se disait qu'en somme on
ne pouvait jeter la pierre à ces enfants inconscientes,
follement livrées à elles-mêmes à l'âge où la tendresse et la surveillance maternelles sont indispensables.

Elles passaient pour inconséquentes et pour évaporées, mais on les supposait au fond plus naïves qu'elles n'en avaient l'air, et les gommeux de leur entourage, dont elles autorisaient en riant les marivaudages saugrenus, savaient mieux que personne combien les résultats de ces flirtations de style américain étaient sans gravité réelle.

Chose singulière, le monde, trop sévère presque toujours, était cette fois trop indulgent.

Notre jugement sera plus sévère que le sien.

Lazarine et Renée avaient en elles tout ce qu'il fallait pour devenir de dangereuses créatures.

Frivoles et légères, sans croyances et sans principes elles auraient pu se sauver par le cœur, mais le cœur leur manquait. — Leur seul culte était le Plaisir, et leur unique dieu, l'Argent.

La morale du banquier portait ses fruits.

Lazarine, trois ou quatre mois auparavant, s'était trouvée l'héroïne d'une petite aventure brusquement dénouée dont il nous faut bien dire quelques mots, car cette aventure devait plus tard influer sur sa vie.

Jules Leroux faisait exécuter des peintures décoratives dans l'un des salons de son hôtel par un maître du genre.

Ce maître du genre avait un élève qui préparait le travail, peignait les fonds et ébauchait les figures et les accessoires dessinés par l'artiste à la mode.

Cet élève se nommait Hector Bégourde. — C'était bien le plus drôle de corps qu'il fût possible d'imaginer, et pas absolument le premier venu.

Hector Bégourde, vulgairement appelé *Totor* par ses camarades, réalisait l'idéal du joli. — Vingt-trois ans, une taille charmante, une chevelure brune et bouclée, des moustaches soyeuses, des yeux rieurs, une élégance naturelle et cavalière sous son veston de velours noir et sous son chapeau de feutre gris ; un esprit et une gaieté de bohème ; un absolu contentement de sa personne et les véritables traditions de la danse française illustrée par Brididi, le rendaient irrésistible pour les fantaisistes beautés du bal Bullier et autres cercles chorégraphiques et galants.

Comme artiste il ne manquait ni d'originalité, ni de talent.

— Totor irait loin s'il voulait... — disaient ses camarades, — par malheur il est trop joli... les femmes le perdent...

Toujours sans le sou, et criblé d'autant de dettes qu'il plaisait à ses fournisseurs de lui en laisser faire, Totor se croyait des convictions radicales ; — il déclamait volontiers au sujet de l'injuste inégalité des conditions sociales, accusait le capital d'exploiter le travailleur, dessinait des caricatures politiques, et, quand il n'avait rien de mieux à faire, *séchait* des boks au café Frontin, à la santé des hommes de quatre-vingt-treize.

Au demeurant le meilleur fils du monde, et incapable de faire du mal à une mouche.

Un matin Lazarine descendant de cheval entra dans le salon que décorait Totor, et, le lorgnon sur l'œil, la cravache à la main, examina, puis discuta ses peintures, louant, critiquant, tranchant à tort et à travers, en termes d'atelier et avec un aplomb superbe

Ébloui de la beauté de la jeune fille et d'abord étonné jusqu'à la stupeur, mais bien vite mis à l'aise par son complet sans-gêne, le rapin déploya son entrain des bons jours, fut étourdissant de verve et fit rire aux éclats son interlocutrice.

Ravie de cette excentricité nouvelle Lazarine prit l'habitude de venir chaque jour passer une heure ou deux près d'Hector quand elle était certaine de le trouver seul.

Les allures benoîtonnantes de mademoiselle Leroux n'inspiraient aucun respect à Bégourde, qui d'ailleurs ne respectait pas grand'chose et dont la fatuité n'avait guère de limites.

— L'aimable enfant est folle de moi... cela saute aux yeux... — se dit-il. — Me montrer trop cruel serait d'un mauvais goût achevé... — D'ailleurs on ne sait pas ce qui peut advenir... — Tant pis pour madame Bobino!...

Madame Bobino, ainsi surnommée au quartier latin, en souvenir de feu le théâtre du Luxembourg où elle avait brillé dans les spirituelles revues de Saint-Agnan Choler, était une des reines de la Closerie et la maîtresse en titre d'Hector.

Le jeune radical, oubliant ses déclamations farouches contre le capital exploiteur, songeait qu'un mariage avec Lazarine serait à tous les points de vue une opération agréable...

En conséquence, et sans plus attendre, il fit à la jeune fille une sorte de déclaration, moitié sérieuse et moitié comique, qui devait lui permettre au besoin de se replier en bon ordre, si, contre toute attente, il s'était fourvoyé.

Rien de semblable ne se produisit.

La déclaration, fort allégrement débitée, fut accueillie sans le moindre courroux...

Certes Lazarine n'aimait point Hector, mais elle le trouvait joli comme un ténor d'opéra-comique et la situation l'amusait.

Encouragé par ce premier succès et décidé à mener les choses grand train, Bégourde écrivit des billets incendiaires et la jeune fille ne refusa pas de les recevoir.

Sur une pente si dangereuse on ne s'arrête point quand on veut.

Libre de ses actions, allant et venant à sa guise,

Lazarine ne pouvait manquer d'accorder bien vite le rendez-vous sollicité par l'audacieux rapin... — Et dans ce cas que fût-il advenu ?

Heureusement le hasard permit que Jules Leroux, — qui par habitude et par système ne voyait jamais rien, — s'aperçût de quelque chose.

Il trouva que la fantaisie de sa fille dépassait de beaucoup les bornes du possible. — Il mit carrément Bégourde à la porte, et pour la première fois de sa vie il chapitra vertement Lazarine.

L'enfant gâtée pleura pendant deux heures, soupira jusqu'au soir, et le lendemain ne pensa plus au héros de ce roman interrompu, ou, si elle y pensa, ce fut pour hausser les épaules au souvenir de sa propre sottise.

Ce héros si vite oublié par elle devait jouer cependant un grand rôle dans son avenir.

Lazarine et Renée, — avons-nous besoin de le dire ? — rêvaient des mariages splendides.

Grâce à leur beauté rayonnante, et grâce au chiffre de leurs dots que la rumeur publique exagérait encore, elles semblaient n'avoir qu'à choisir ; mais leurs ambitions d'argent étaient à ce point insatiables que les millionnaires de leur entourage ne leur paraissaient pas assez riches.

Jeanne ne ressemblait guère à ses sœurs qui la surnommaient Cendrillon. — Aussi simple qu'elles

1.   4

étaient brillantes, aussi sérieuse qu'elles étaient légères, elle n'aimait ni le luxe, ni les plaisirs bruyants.
— La douce enfant, vivant par le cœur, avait trouvé
moyen de se créer dans le logis somptueux un petit
nid modeste. — Quand elle songeait au mariage —
(et toutes les jeunes filles y songent) — elle ne souhaitait point un mari d'une grande fortune ou d'un
grand nom, mais un mari digne d'être aimé, qui
l'aimerait de toute son âme et qu'elle aimerait de
toutes ses forces...

II

On sait combien l'océan financier de Paris est fertile en naufrages inattendus.

Brusquement, sans qu'aucun indice avant-coureur fasse prévoir la catastrophe, on voit sombrer des fortunes qui semblaient à l'abri de tous revers.

Du jour au lendemain croulent des positions qu'on devait croire indestructibles.

Jules Leroux, grisé par le succès, comptant sur son heureuse chance qui ne s'était jamais démentie, menait train de prince, dépensait sans compter et encourageait le gaspillage autour de lui.

Si prodigieuses que fussent ses dépenses de toute nature, elles n'auraient point entraîné cependant la ruine d'une maison aussi puissante que la sienne, mais les faillites successives d'un banquier anglais et

d'un banquier américain lui enlevèrent à l'improviste plus de quatre millions.

La blessure, quoique profonde, n'était néanmoins
pas incurable.

Avec de l'ordre et des réformes, Jules Leroux pouvait se sauver encore. — Malheureusement il ne voulut point se restreindre, et il lui parut du meilleur
goût, après une perte énorme, de ne changer quoi
que ce fût à ses habitudes et à celles de son entourage.

— On verra, — se dit-il, — que quatre millions
sont moins que rien pour moi... — Loin d'être
amoindri mon crédit grandira, et quelques opérations
hardies combleront le déficit.

Par ces mots : *opérations hardies,* le banquier entendait ces coups de Bourse qui lui avaient si souvent
réussi quand il avait *la veine.*

Cette veine, il se figurait l'avoir encore, et en cela
il se trompait.

Dame Fortune ne le regardait plus d'un bon
œil.

Ses spéculations échouèrent.

Il s'obstina.

La male chance en fit autant de son côté.

Bref, un beau matin, à la veille d'une échéance
formidable, Jules Leroux se vit perdu.

Le banquier, nous le savons, n'était point un mal-

honnête homme, et à sa probité commerciale se mê-
lait un immense orgueil.

— Il faut liquider ! — se dit il, — et la liquidation,
c'est le désastre dans toute son horreur... — Si je
n'ai ruiné que moi, nous verrons plus tard à prendre
un parti, mais si j'entraîne dans le gouffre les gens
qui ont eu confiance en mon honneur ; si j'ai en-
glouti l'argent des autres avec le mien ; si enfin l'épithète de banqueroutier doit être accolée à mon nom
je me brûlerai la cervelle.

Il l'aurait fait sans hésiter ; — ce fut inutile.

La liquidation bien conduite donna des résultats
qu'on osait à peine espérer. — On fit argent de tout.
— On vendit le grand et le petit hôtel du boulevard
Haussmann, une terre en Normandie, les collections
de tableaux et d'objets d'art, les chevaux et les voitures.

On se trouvait en face d'un passif colossal, mais les
ressources ne l'étaient pas moins.

Tout fut payé jusqu'au dernier centime, et il resta
au banquier une propriété dans le Loiret et vingt-
cinq mille livres de rentes.

— Eh bien, mais, — penseront bon nombre de
nos lecteurs — ce n'était pas la ruine ! tant s'en faut !

Cela dépend du point de vue auquel on se place.

Pour presque tout le monde, en effet, c'eût été la
fortune encore.

4.

Pour un homme qui dépensait bon an, mal an, près d'un million, c'était la misère relative.

Jules Leroux n'eut pas un instant l'idée de rester à Paris où l'existence ne lui semblait plus possible, et où la modestie de sa situation nouvelle aurait été pour lui la source de continuelles humiliations.

Il se retira avec ses filles et un nombre très-restreint de serviteurs dans son domaine du Loiret.

C'est là que nous allons le suivre et que notre récit, entravé jusqu'ici par d'inévitables explications, va réellement commencer.

Le domaine de Vertes-Feuilles — (ainsi se nommait la propriété du banquier) — était de proportions restreintes et d'un très-faible revenu, mais dans une position délicieuse.

L'habitation, que par politesse ou par habitude on nommait château, consistait en une maison carrée à deux étages construite à la fin du dernier siècle, n'ayant rien de seigneurial mais vaste et bien distribuée.

Cette maison, dont la haute toiture d'ardoise se voyait de très-loin, occupait le sommet d'une colline boisée dominant un vallon fait à souhait pour le plaisir des yeux.

Le parc de huit ou dix hectares, admirablement dessiné, s'étalait sur les pentes douces de la colline et descendait jusqu'au vallon, où le plus charmant des ruisseaux, transparent, glacial et babillard, lui servait de clôture naturelle.

Depuis la terrasse du château, le parc en apparence n'avait pas de limites.

Une allée de charmilles à l'ancienne mode formait une voûte de verdure impénétrable sur l'un des côtés de l'habitation.

Sur l'autre côté, et séparés du corps de logis par des massifs touffus, s'élevaient les bâtiments de service renfermant les écuries et les remises.

En face du perron conduisant à l'entrée principale se trouvait une pelouse arrondie ; des corbeilles de fleurs aux nuances éclatantes tranchaient sur le vert d'émeraude du gazon.

Une salle de bains, une petite orangerie et de vastes serres vitrées complétaient les dépendances.

Le rez-de-chaussée du château renfermait deux salons, une bibliothèque, un fumoir, une salle à manger très-grande et une salle de billard.

Tout cela était meublé confortablement, sinon richement, et tendu de cretonne aux tons joyeux.

Les appartements des maîtres de la maison et bon nombre de chambres d'amis occupaient les étages supérieurs.

Le domaine des Vertes-Feuilles, on le voit, constituait une résidence plus qu'acceptable.

Par malheur Jules Leroux, Lazarine et Renée.

pour qui toutes les recherches et tous les raffinements du luxe étaient devenus des habitudes et des
besoins, trouvaient cette résidence effroyablement
mesquine.

Le banquier, né aux Vertes-Feuilles qui appartenaient à son père, n'y était pas venu une seule fois
depuis l'âge de seize ans.

Ses filles n'y avaient jamais mis les pieds.

Cela s'explique.

Absorbé par ses affaires énormes et ses plaisirs
tout parisiens, Jules Leroux ne s'éloignait pas volontiers de la grande ville.

Il visitait même rarement l'importante habitation
achetée par lui en Normandie et dont on entretenait
à grands frais le parc et les jardins.

Chaque année il louait pour la saison d'été quelque
villa splendide, tantôt à Auteuil, tantôt à Ville-
d'Avray, tantôt à Maisons-Laffitte.

Là du moins il pouvait recevoir ses amis, tenir
table ouverte, et ses chevaux ou le chemin de fer
l'amenaient rapidement à Paris.

En automne il conduisait ses filles à Dieppe ou à
Trouville pour un mois, et le plus souvent les y
laissait seules; Lazarine et Renée s'accommodant fort
bien de cet abandon.

Avons-nous besoin d'affirmer que les deux sœurs,
dont nous avons esquissé le caractère et indiqué les

goûts, se déclarèrent lamentablement à plaindre en
se voyant privées, et pour toujours sans doute, de
ce qui constituait à leur point de vue les nécessités
de l'existence : les plaisirs bruyants, les toilettes ta-
pageuses, les gommeux empressés, et le reste.

Elles n'aimaient pas la lecture ; — elles n'aimaient
la musique qu'aux Bouffes ou aux Variétés. — Elles
ne se mettaient au piano que pour s'accompagner,
en imitant avec un chic suprême Judic, Schneider
ou Thérésa.

Or, n'ayant plus les applaudissements de leur
public de jolis crevés, elles négligeaient absolument
ce classique répertoire.

Une distraction unique leur restait : monter à
cheval et galoper pendant de longues heures dans
tous les sentiers du pays.

Mais, hélas ! des poneys modestes avaient remplacé les *cobs* de cinq cents louis ; — les grooms corrects, gardant la distance réglementaire, sanglés dans
leurs courtes redingotes, emboîtés dans leurs culottes
de daim et leurs bottes à revers, avaient suivi les cobs.

Du paysage pittoresque les jeunes filles n'avaient
nul souci, mais enfin l'équitation c'était du mouvement, et comme le mouvement, pour qui s'ennuie,
est préférable à l'immobilité, elles en usaient et en
abusaient jusqu'à se briser de fatigue et à mettre
leurs poneys sur les dents.

Elles devenaient nerveuses, fantasques, irritables, intolérables, et passaient leur humeur massacrante sur leur sœur cadette, dont la physionomie tranquille et satisfaite les exaspérait.

Jeanne en effet ne se souvenait pas d'avoir jamais été si heureuse.

Elle adorait le calme, la campagne, les grands arbres, les fleurs et les oiseaux. — Les après-midi employées dans le parc à lire ou à dessiner lui paraissaient trop courtes. — Elle s'était faite l'intendant, ou plutôt la femme de charge du logis, dirigeant tout dans la maison avec la plus stricte économie. — A peine depuis quinze jours aux Vertes-Feuilles, elle connaissait et soulageait déjà les pauvres et les malades qui l'appelaient *le bon ange*.

Parfois elle se disait :

— Ah ! si mon père et mes sœurs n'avaient point un si grand chagrin de ne plus être riches, comme je remercierais le bon Dieu qui nous a délivrés de la fortune...

Jules Leroux, en effet, ne prenait pas mieux que ses filles son parti de la ruine.

Agé de cinquante-quatre ou cinquante-cinq ans, nous l'avons dit, il paraissait, — avant la catastrophe, — en avoir quarante-cinq tout au plus.

Grand, mince, très-brun et ni laid ni beau, il oftrait la physionomie ouverte et souriante de l'homme à qui tout réussit.

L'expression particulière de ses yeux gris, la coloration vive de ses joues et le développement sensuel de sa lèvre inférieure, disaient ses instincts de viveur.

Ses cheveux taillés à la Capoul s'éclaircissaient visiblement au sommet du crâne, malgré les tentatives héroïques de son valet de chambre pour déguiser ce commencement de calvitie.

— J'ai *la raie un peu large,*— disait-il en riant à ses intimes,— que voulez-vous ... *fructus belli!*

Il ne portait point de moustaches; ses favoris très-longs, merveilleusement lustrés, descendaient jusque sur sa poitrine.

Jamais courtisane ne fut plus soigneuse de sa personne qu'il ne l'était de la sienne. — Il se parfumait à outrance. — De ses interminables conférences avec son tailleur résultaient des pantalons d'un galbe suprême, des gilets étonnants de style, et des pardessus d'une coupe inouïe.

Tout cela, d'ailleurs, de fort bon goût et de nuances suffisamment sobres; mais le millionnaire ami des femmes, le quinquagénaire s'obstinant à plaire encore, se trahissaient dans les moindres détails.

Jules Leroux, — après le désastre, — avait l'air

d'un homme relevant à peine d'une longue et terrible maladie.

Il semblait maintenant plus vieux que son âge.

Il négligeait ces soins minutieux de lui-même qui,
malgré les années et l'abus des plaisirs, lui conser-
vaient l'apparence de la jeunesse.

Le haut de sa tête, absolument dénudé, offrait la
couleur et le poli du vieil ivoire. — Le reste de ses
cheveux grisonnait par places ; — de nombreux fils
d'argent se mêlaient aux touffes incultes de ses favoris ; — il ne se rasait plus chaque matin !

Les recherches d'élégance le laissaient indifférent
et la manière dont son pantalon tombait sur sa bot-
tine était devenue le moindre de ses soucis.

Tout lui manquait à la fois ; la préoccupation des
affaires, le tumulte de la Bourse, les promenades au
Bois, les sourires et les petits saluts intimes échan-
gés avec les célébrités du huit-ressorts, les fauteuils
d'orchestre des théâtres de genre, la partie de wisth
à un louis la fiche, les baccarats nerveux, les soupers
fins en compagnie galante et les comédies de l'amour!

Il se faisait l'effet d'un homme séparé du monde
des vivants. — Le spleen, à certaines heures, s'emparait absolument de lui. — On le voyait, à ces heu-
res-là, aller et venir sans but, ainsi qu'une âme en
peine.

Pour supprimer cet isolement qui lui semblait si

ourd il n'aurait e u qu'à vouloir. — Rien n'était plus
facile que d'entamer des relations de bon voisinage
avec les habitants des nombreux châteaux sit ués
dans les environs des Vertes-Feuilles, à quatr e ou
cinq lieues à la ronde.

Mais l'ex-banquier ne voulait pas.

— Tous ces gens-là, — se disait-il, — sont riches
et je ne le suis plus... — Ils m'écraseraient de leur
luxe comme jadis je les aurais écrasés du mien... —
A la surface, ils seraient polis, mais, au fond, je
les sentirais dédaigneux... Mieux vaut la solitude...

III

On déjeunait à onze heures aux Vertes-Feuilles; on dînait à sept, et la cloche du château annonçait le repas.

Un matin cette cloche avait sonné depuis cinq minutes quand Jules Leroux, en pantalon à pieds, en pantoufles et en veston de flanelle, la figure maussade, la barbe longue, entra dans la salle à manger.

Il fit un geste d'impatience en la trouvant déserte et, s'approchant de l'une des fenêtres, il se mit à tambouriner d'une main nerveuse contre la vitre.

Fatigué de cet exercice au bout d'un instant, il se retourna vers le valet de chambre provincial qui, la serviette sur le bras, se tenait debout et immobile d'un air gauche, et il lui demanda brusquement :

— Où sont ces demoiselles ?

— Mademoiselle Lazarine est sortie à cheval, — répondit le domestique, — mademoiselle Jeanne est sortie à pied, et mademoiselle Renée se promène dans le parc...

— Il semble qu'on se soit donné le mot pour me faire perdre patience !... — murmura l'ex-banquier entre ses dents, puis tout haut il ajouta : — Sonnez de nouveau... sonnez si fort et si longtemps qu'il soit impossible de ne pas entendre... allez donc ! allez vite !...

— Monsieur, j'y cours...

Le valet sortit et la cloche, secouée à toute volée, remplit les airs de sons tellement aigus que Jules Leroux mit ses mains sur ses oreilles et frappa du pied en s'écriant, quoique le sonneur fût hors de portée de sa voix :

— Assez ! assez !... En voilà assez !... — En voilà trop ! — Pour Dieu cessez ce vacarme !... Ne me rendez pas sourd !

Mais le carillon continuait et avec lui l'irritation fébrile du maître du logis.

En ce moment la porte de la salle à manger s'ouvrit, et une toute jeune fille essoufflée franchit le seuil en s'écriant :

— Papa, je suis bien en retard, mais ne sois pas fâché, je t'en prie... — il y a très peu de ma faute... — j'ai couru de toutes mes forces...

Cette jeune fille était Jeanne, la cadette des trois sœurs, — celle que ses aînées surnommaient *Cendrillon*.

On ne pouvait imaginer plus mignonne et plus gracieuse créature.

Elle avait seize ans et demi, un visage de chérubin souriant, de grands yeux candides, sérieux et doux, dans lesquels semblait se refléter l'azur profond du ciel.

Ses merveilleux cheveux d'un blond cendré très-clair s'ébouriffaient sur son front en petites boucles folles, sous son chapeau de paille unie orné d'un bouquet de fleurs des champs. — Dénoués dans la rapidité de sa course, ils ruisselaient sur ses épaules comme une cascatelle de soie dorée.

Mince et souple autant qu'un jonc, la jeune fille portait une robe de toile d'un bleu pâle, dont la simplicité mettait en relief l'élégance un peu frêle de sa taille, et faisait valoir la pureté et la transparence idéales de son teint.

Elle avait les mains nues : de toutes petites mains d'une forme exquise, délicates et nerveuses à la fois, que les baisers du soleil et les caresses du vent ne parvenaient pas à brunir.

Comme une enfant qu'elle était encore, Jeanne en trois bonds traversa la salle à manger, et jetant ses deux bras autour du cou de son père, elle poursuivit en appuyant ses lèvres sur ses joues :

— Je te promets d'être toujours ici cinq minutes avant l'heure ! — Dis-moi bien vite que tu ne m'en veux pas de t'avoir fait attendre, et embrasse-moi...

Il semblait difficile de résister à une requête ainsi présentée, mais Jules Leroux avait les nerfs tendus outre mesure, il fallait qu'il épanchât sa mauvaise humeur...

— Eh bien, si ! je vous en veux ! — répliqua-t-il d'un ton aigre, — je vous en veux, non d'un retard insignifiant, mais d'imiter vos sœurs qui piétinent sur les convenances et prennent à tâche d'oublier les égards qui me sont dus...

— Oh ! papa... — murmura la jeune fille.

— J'aime l'exactitude, on le sait, — continua l'ex-banquier, — il me déplaît qu'on s'oublie aux heures des repas... — Vos sœurs n'en tiennent aucun compte et voilà que vous suivez leur exemple... — On n'a même plus pour moi la simple politesse et les égards vulgaires qu'on ne refuserait point à un étranger...

— Père, il ne faut pas me dire *vous*... il ne faut pas me parler ainsi...

— Je vous parle ainsi parce que je suis mécontent, et j'ai le droit de l'être...

— Père, si tu savais mes raisons...

— Je ne veux pas les savoir...

— J'étais allée à plus d'une lieue visiter un pauvre malade...

— Il fallait y aller plus tôt et y rester moins long-temps ! — interrompit Jules Leroux avec violence. — Les bonnes actions, la charité, les vertus, c'est très-joli certainement, mais le respect pour le chef de la famille doit ce me semble passer d'abord ! — Une fois pour toutes, sachez-le bien, je prétends n'être point sacrifié aux mendiants du pays qui m'intéressent fort peu !!!

Jeanne essuya ses yeux sans répondre.

La porte s'ouvrit de nouveau.

— Tiens ! — fit Renée en franchissant le seuil, avec un mauvais rire, — papa cherche noise à Cendrillon, ce matin ! — C'est très-gai ! — Continue, papa... il ne faut pas te gêner pour moi... — Qu'est-ce qu'elle a fait, Cendrillon ?

Renée Leroux n'avait qu'une année de plus que Jeanne. — Elle touchait à ses dix-huit ans, mais on lui en aurait donné vingt, tant sa beauté précoce atteignait son entier développement.

Assez grande, mince de la taille mais large des épaules et des hanches, avec un buste superbe aux contours sculptés en plein marbre, Renée était brune autant que Jeanne était blonde.

Nous ne parlons que de sa chevelure, d'un noir violent à reflets bleuâtres, car sa peau, d'une blancheur ambrée, rappelait l'épiderme mat des créoles.

Son front un peu bas, mais proéminent, que les nattes lourdes coiffaient d'un casque d'ébène, faisait saillie sur les yeux immenses, étincelants comme des diamants noirs. — Le nez faiblement aquilin, aux narines roses et mobiles, était un chef-d'œuvre de délicatesse.

Entre les lèvres rouges les dents petites et blanches avaient l'air de perles dans leur écrin. — Le menton taillé nettement accusait l'énergie. — La fossette qui le trouait semblait placée là tout exprès pour en adoucir le contour un peu rude.

Un statuaire aurait gravé dans sa mémoire, afin de les reproduire plus tard, les lignes du cou et celles des épaules.

Ou nous ne savons plus esquisser un portrait, ou cette beauté doit paraître accomplie.

On ne pouvait nier qu'elle le fût, mais dans sa perfection même elle offrait quelque chose d'inquiétant.

La proéminence du front bas n'était-elle pas le signe mystérieux de l'entêtement dans de noirs desseins?

Le regard, se glissant comme une lame aiguë entre les longs cils recourbés, avait je ne sais quoi de cruel.

Pas un des linéaments exquis de cet incomparable

visage n'exprimait la bonté. — Sous l'apparente insouciance, sous la légèreté de commande, on pouvait deviner de funestes instincts et d'insatiables exigences.

Certes, l'adolescence en sa fleur jetait un voile sur ces indices de fâcheux augure, mais un observateur attentif les devinait aussi facilement qu'un navigateur émérite devine le prochain orage en contemplant le ciel encore pur.

Renée portait une robe de chambre en faille d'un jaune pâle, brodée au plumetis en soies de couleur, et qui, l'année précédente, avait coûté deux cents louis chez le grand faiseur.

La phrase pittoresque accompagnant l'entrée de la jeune fille fournit un aliment nouveau à l'humeur massacrante de Jules Leroux.

— D'où venez-vous, mademoiselle? — demanda-t-il en abandonnant Jeanne pour s'occuper de Renée.

— Ah bah! — s'écria cette dernière avec un nouvel accès de son rire faux et contraint, — il paraît, papa, que tu vas m'interroger sur faits et articles!

— D'où venez-vous? — répéta l'ex-banquier en frappant du pied, — quand je questionne, je prétends qu'on me réponde.

— Papa, méfie-toi, tu as tes nerfs...

— Répondrez-vous?

Renée fit une révérence comique.

— Monsieur le juge d'instruction, — répliqua-t-elle, — j'étais dans le parc.

— Pourquoi n'êtes-vous pas rentrée quand on a sonné pour la première fois?

— Parce que je n'ai pas entendu la cloche.

— Vous êtes donc sourde?

— Ça m'étonnerait, monsieur le juge.

— Eh bien, alors?

— Mais j'ai mon excuse... — Je dormais.

— A onze heures du matin! en plein air!... Comme c'est probable!

— Probable ou non, c'est absolument vrai. — Je m'ennuie tant dans cette bicoque, qu'il me semble que j'en deviens folle... — Trop de campagne à la clef, vois-tu, c'est écœurant! j'ai des indigestions de verdure, et le ciel bleu me donne des nausées! — La belle nature, les grands horizons, la poésie des champs! quel rasoir! Aussi je dors pour me distraire... je dors tant que je peux... je dors partout... c'est mon seul plaisir... Au moins j'ai la chance de rêver que je suis au bon temps où tu n'avais pas encore vaporisé naïvement ta fortune, qui était la nôtre, comme le plus simple des gogos que tu plumais si bien autrefois...

— Ma sœur... ma sœur... — murmura Jeanne d'un ton suppliant.

— Vous me manquez de respect, mademoiselle! — s'écria l'ex-banquier.

Renée haussa les épaules.

— Il faut donc te respecter à présent? — répliqua-t-elle avec un redoublement d'impertinence. — Mes compliments, papa ! — Le moment est des mieux choisis pour la faire à la grande pose! — Autrefois, quand tu avais un très-fort sac, tu étais un bon garçon de papa gâteau, folâtre et cascadeur, pas du tout respectable, mais très-aimable. — Aujourd'hui tu es dégommé, grincheux comme un porc-épic qui a des contrariétés dans son intérieur, et tu veux du respect! — Ah! mais non! il n'en faut pas! — Sur quoi as-tu marché ce matin? — Pourquoi me prends-tu pour tête de Turc? — Voyez-vous le grand crime de m'être fait attendre cinq minutes! il me semble d'ailleurs que je n'arrive pas la dernière...

— L'inconvenance de Lazarine n'atténue point la vôtre !...

— Toujours des phrases!... — As-tu fini?... — oui ou non, veux-tu me laisser la paix? — Si c'est *oui*, mettons-nous à table et mangeons, sans le moindre appétit, un mauvais déjeuner... — si c'est *non*, dis-le tout de suite; je t'offre une révérence de dignité première et je remonte en mes appartements...

Jules Leroux savait trop bien qu'il n'aurait pas le dernier avec l'enfant mal élevée dont la familiarité choquante et les excentricités de langage lui paraissaient jadis si drôles.

Il fit un geste de colère et s'assit brusquement.

— Tu mets les pouces... — reprit la jeune fille, — à la bonne heure... — je reste et je m'assieds...

Pour la troisième fois la porte s'ouvrit, et Lazarine entra brusquement.

— Arrive donc, — lui cria Renée, — et viens toucher ton dividende... — je te préviens que notre gracieux père est un paquet d'orties ! — Qui s'y frotte s'y pique ! Méfie-toi !...

— Qu'y a-t-il ? — demanda la nouvelle venue en s'arrêtant d'un air étonné. — A quel propos papa serait-il mécontent ?

Renée désigna du doigt la pendule.

— Onze heures et quart ! — répondit-elle. — Or, le joyeux auteur de nos jours prétend nous imposer désormais une exactitude militaire... — Pour cinq minutes de retard, le pain sec ; pour dix minutes, les arrêts forcés ; pour un quart d'heure, le cachot noir ! celui où il y a des vipères !... — Voilà le règlement.

— Eh bien ! — répliqua Lazarine, — papa n'a qu'à me rendre ma chère jument *Norah*, qu'il a vendue méchamment au Tattersall avec le reste de l'écurie, au bénéfice de ses créanciers, et je ne me ferai point attendre... — Mais quand j'aurai pour tout potage un lourd poney breton qui n'a pas plus de sang qu'un locati de la porte Maillot, je ne répond absolument de rien... — Et, sur ce, mettons-nous à à table... — J'ai, par hasard, une faim d'enfer...

Nous l'avons dit, Jeanne était parfaitement jolie et Renée étrangement belle.

La fille aînée de Jules Leroux était éblouissante.

Son amazone de drap bleu foncé, formant cuirasse, dessinait ou plutôt moulait les contours de sa taille exquise, de ses épaules, de ses hanches, et les fermes rondeurs de sa gorge.

Elle portait sous son bras gauche la longue traîne de sa jupe et tenait de la main droite sa cravache.

Un étroit ruban cerise se nouait d'une façon toute masculine autour du col droit et empesé de sa chemisette.

Sa longue chevelure ondée, d'un ton de cuivre rouge, libre de tout lien, se déroulait flottante sous son chapeau d'homme et descendait plus bas que ses hanches.

Son teint animé par la course offrait en ce moment l'éclat presque invraisemblable que Chaplin, le peintre des jeunes filles, des roses et des gorges virginales, trouve sur sa magique palette.

Ses cils noirs et ses sourcils bruns, contrastant de façon bizarre avec la nuance ardente de ses boucles errantes, donnaient à ses yeux d'un vert sombre l'expression quasi orientale que gommeuses et femmes de théâtre obtiennent à l'aide du coheul.

La bouche était petite ; les lèvres pourpres, et les dents à croquer des perles.

Ce radieux visage, ce corps de jeune nymphe constituaient un ensemble d'une incomparable élégance. — Chaque mouvement, chaque attitude recélaient une grâce. — Rien ne saurait exprimer la séduction du regard et le charme irrésistible du sourire.

Jules Leroux, quoi qu'il en eût, subit ce charme ; au lieu de donner un libre cours à son irritation grandissante, comme il venait de le faire à deux reprises il regarda Lazarine et se tut.

L'admiration était plus forte que la colère.

Renée s'en aperçut. — Elle fronça le sourcil, et de ses yeux noirs jaillit un éclair qui n'avait rien de rassurant.

IV

Le commencement du repas fut triste.

Jules Leroux, mécontent de lui-même et des autres, exaspéré contre le monde entier, ne prononçait pas une parole et mangeait du bout des dents.

Renée boudeuse ne disait mot, et, après avoir effleuré les mets d'une lèvre dédaigneuse, les laissait presque intacts sur son assiette.

Jeanne, désolée de l'attitude hostile de ses sœurs vis-à-vis de leur père, se sentait le cœur gros et ne parvenait qu'à grand'peine à retenir ses larmes.

Lazarine seule, insouciante en apparence, mangeait de bon appétit et faisait fête à un petit vin blanc de Touraine, petillant dans le verre et sentant la pierre à fusil.

Ce fut elle qui rompit le silence.

— Papa, — commença-t-elle tout à coup, — j'ai rencontré ce matin un de tes bons amis...

L'ex-banquier releva la tête.

— Un de mes bons amis... — répéta-t-il d'un ton morose, — j'avais des amis autrefois... je n'en ai plus...

— Eh bien, un de tes bons amis d'autrefois, — reprit la jeune fille, — et vous étiez étonnamment fiers l'un de l'autre... — Il tirait vanité de tes millions et son titre flattait ton orgueil... — Bref, vous paraissiez inséparables... — Devines-tu qui je veux dire?

— Non... et cela m'importe peu...

— Je vais le nommer tout de même. — Il s'agit d'un ci-devant jeune homme le plus charmant du monde, le prince Godefroy de Castel-Vivant...

Jules Leroux tressaillit malgré lui. — Le nom prononcé par Lazarine évoquait de si nombreux et de si joyeux souvenirs!

— Godefroy ! — s'écria-t-il.

— Lui-même... plus jeune que jamais dans sa verte vieillesse.

— En ce pays, c'est invraisemblable...

— Pourquoi donc? — Tu sais bien que le prince a des connaissances un peu partout et qu'il est très-recherché, très-désiré, très-invité.

— Es-tu certaine de l'avoir reconnu?

— Absolument certaine.

— Où l'as-tu rencontré ?

— Dans les bois, à trois lieues d'ici.

— T'a-t-il parlé ?

— Non... — il passait à cheval et n'était pas seul... — mais il m'a fait un superbe salut, avec cette grâce antique et chevaleresque dont il a le secret et le monopole...

— Chez qui se trouve-t-il en villégiature ? — murmura l'ex-banquier.

— Je te donnerai le mot de l'énigme si tu veux...

— Qui te l'a dit, ce mot ?

— Un bûcheron que j'ai questionné... — Le prince est l'hôte du marquis de la Tour-du-Roy Maintenant, papa, je t'ai renseigné... renseigne-moi à ton tour... — Qu'est-ce que c'est que le marquis de la Tour-du-Roy ?

— Un gentilhomme de grande maison et l'un des plus riches propriétaires du Loiret... — répondit Jules Leroux. — J'ai visité dans mon enfance le château qu'il habite à cinq ou six lieues des Vertes-Feuilles et, si mes souvenirs sont exacts, c'est une résidence admirable... — Ah ! çà, mais, il ne doit pas être précisément jeune, le marquis... — il avait tout au moins dix ans de plus que moi... — Est-ce en sa compagnie que chevauchait le prince ?...

— Oui.

— Comment le sais-tu ?

— Toujours par le bûcheron.

— M. de la Tour-du-Roy est un vieillard, n'est-ce pas ?

— Oui et non... s'il n'avait les moustaches et les cheveux blancs comme neige, il paraîtrait moins âgé que toi...

— Merci du compliment ! — fit Jules Leroux avec amertume.

— Tu n'as plus de prétentions, je suppose, — répliqua Lazarine, impitoyablement ; — quand on se néglige comme tu fais, c'est qu'on abdique. — Une barbe de quarante-huit heures et du linge fripé, toi qui rivalisais d'élégance et de chic avec les gommeux les plus épatants ! C'est infect, ma parole d'honneur ! on m'a changé papa !

L'ex-banquier baissa la tête sans répondre.

Renée regarda très-attentivement sa sœur dont l'animation fébrile et la gaieté nerveuse ne lui semblaient pas naturelles et devaient cacher quelque chose. — Mais quoi ?

L'amazone aux cheveux cuivrés reprit :

— A-t-il des enfants, ce marquis ?

— Je n'en sais rien, — répondit Jules Leroux, — j'ignore même s'il est marié et j'ignorais qu'il vécût encore... — Depuis vingt-cinq ou trente ans, je n'avais pas entendu prononcer son nom...

— A quel propos ces sottes questions, ma sœur ?

— fit Renée du ton le plus agressif. — En quoi cela peut-il t'intéresser beaucoup que M. de la Tour-du Roy, le plus riche propriétaire du Loiret, ait ou non des enfants? — Te figures-tu que quelque petit marquis truffé de millions va venir demander ta main? — C'eût été croyable peut-être, au temps où nous avions des dots... mais les chercheurs de femmes rôdent peu pour le bon motif autour des héritières d'un banquier dégommé... — Si tu comptes sur tes yeux verts et sur tes tresses flamboyantes pour trouver un épouseur sérieux, tu te prépares plus d'un mécompte, je t'en préviens charitablement, ma chère.

Lazarine avec lenteur tourna sa tête superbe, attacha sur Renée un regard dédaigneux, et lui dit d'une voix moqueuse :

— Tu voudrais être impertinente, pauvre amie... tu n'es que ridicule!... Souviens-toi que tout est possible, même l'impossible, pour qui me ressemble... — un jour viendra, qui n'est pas loin peut-être, où j'aurai des millions plus nombreux que ceux absorbés par les liquidateurs de papa... — Ce jour-là tu seras heureuse d'être ma protégée, car je te protégerai, petite... je te le promets... je suis si bonne...

Renée se mit à rire, mais son rire sonnait faux comme les touches d'un piano mal accordé.

— Ma parole d'honneur, — dit-elle, — tu deviens folle à force d'orgueil !...

— L'orgueil de ma beauté... — répliqua Lazarine.

— Je suis aussi belle que toi... — fit Renée impétueusement.

— Crois-tu ?

— Je fais mieux que le croire... j'en suis sûre...

— Peut-être as-tu raison ; seulement ta beauté repousse et la mienne attire... Tu en auras la preuve.

— Est-ce un parti pris de me blesser par tes insolences ? alors je te cède la place.

Et la jeune fille, quittant sa chaise et jetant avec colère sa serviette sur la table, sortit furieuse de la salle à manger.

— Si tu consultes ton miroir, — lui cria Lazarine, — prends garde... il mentira...

La surexcitation fébrile qui ne semblait point naturelle à Renée avait véritablement une cause, et, cette cause, la voici :

Lazarine chaque matin, — nous l'avons dit, — quittait les Vertes-Feuilles sur son poney breton dont l'humeur trop paisible lui faisait tant regretter les brillantes allures de sa nerveuse jument *Norah*.

Le poney cependant ne trottait pas mal, et des promenades de sept ou huit lieues ne l'épouvantaient point.

Trois jours auparavant l'amazone cheminait, à

douze kilomètres environ du logis paternel, dans une
coulée pratiquée sous bois entre deux rangées de
chênes séculaires.

S'absorbant en sa rêverie comme elle le faisait
presque sans cesse lorsqu'elle était seule, elle songeait au passé pour en déplorer la perte, et à l'avenir
pour y construire des châteaux en espagne.

Sa main distraite abandonnait à lui-même le
poney, et l'intelligent animal, sentant les rênes
flotter sur sa courte encolure, profitait de l'aubaine,
allait paresseusement à tout petits pas, happait au
passage des feuilles tendres et des touffes d'herbe
fraîche qu'il mâchait de son mieux, couvrant d'é-
cume verte le mors impitoyable qui ne lui permettait
pas d'avaler à son aise ces nourritures succulentes.

Lazarine fut tirée de sa rêverie par un bruit de
chevaux.

Elle regarda et ne vit rien d'abord. Mais à vingt
pas plus loin l'allée faisait un coude brusque, et les
taillis épais arrêtaient le regard.

Convaincue qu'elle allait croiser des cavaliers et
voulant, en vraie fille d'Eve, se montrer à son avantage, elle rassembla sa monture, la cravacha vigoureusement et la mit au petit galop.

Au moment d'atteindre le coude du chemin, elle se
trouva face à face avec un gentleman d'une incontestable distinction, monté sur un grand cheval bai brun.

Ce gentleman n'était plus jeune, ses moustaches, ses favoris et ses cheveux argentés en faisaient foi, mais sa taille haute et mince restait droite, son visage aux traits aristocratiques et bien dessinés gardait une verdeur singulière, bref il pouvait passer encore pour très-beau.

Il portait une culotte de tricot blanc, de hautes bottes à l'écuyère, un veston de velours noir, un chapeau gris et des gants de daim.

Un bouton de rose remplaçait une décoration à la boutonnière de son veston et ne semblait pas ridicule.

Lazarine se connaissait en chevaux.

Elle estima quatre cents louis le hunter monté par ce cavalier de si grande mine.

A quarante pas en arrière venait un groom en tenue correcte et dont le cheval ne le cédait en rien à celui de son maître.

En voyant la jeune fille le gentleman mit le chapeau à la main, et, à la minute précise où il la croisait, il s'inclina jusqu'à toucher presque l'encolure arrondie de sa monture.

Lazarine rendit le salut avec ce gracieux aplomb dont elle avait pris l'habitude au bois de Boulogne, et continua sa route en prêtant l'oreille.

Son instinct de femme l'avertissait que le promeneur inconnu allait faire halte et la suivre du regard.

Cet instinct ne la trompait point. — Elle en eut la preuve immédiate car le bruit des pas de chevaux cessa brusquement de se faire entendre.

De cette circonstance d'ailleurs elle ne prétendit rien conclure. — Elle savait par expérience que sur son passage les hommes, presque toujours, s'arrêtaient pour la mieux voir et pour l'admirer plus longtemps.

De retour aux Vertes-Feuilles elle ne dit mot de sa rencontre, et peut-être n'y pensa-t-elle plus.

C'est possible, sinon vraisemblable ; mais cependant le lendemain, à la même heure que la veille, elle parcourut au galop la distance qui la séparait des grands bois et s'engagea dans le chemin couvert.

Le cavalier aux moustaches blanches s'y trouvait déjà et ses yeux, quand ils virent de loin l'écuyère, brillèrent, sous leurs sourcils [encore noirs, d'un éclat tout juvénile.

Il salua comme la veille et fit halte de nouveau après avoir croisé Lazarine.

Cette petite scène muette se renouvela le jour suivant, mais, — (variante qui ne manquait point d'importance) — la jeune fille en regagnant les Vertes-Feuilles s'aperçut qu'elle était suivie, suivie de très-loin, discrètement, respectueusement à coup sûr, mais le fait en lui-même n'en restait pas moins acquis et significatif.

Le gentleman voulait savoir le nom de l'éblouissante amazone, et connaître aussi sa demeure.

Aussitôt qu'elle eut franchi la grille du petit parc
des Vertes-Feuilles il battit en retraite.

— Moi aussi je saurai!... — pensa Lazarine. —
Peut-être y a-t-il là le point de départ d'un avenir...
— C'est peu probable, j'en conviens, mais, je l'ai dit
souvent à Renée, tout est possible, même l'impossible... — Nous verrons demain...

V

Le lendemain la jeune fille fut très-surprise et
avouons-le, singulièrement déconcertée, en trouvant
déserte l'allée ombreuse où depuis trois jours les
rencontres se succédaient.

Peut-être ces rencontres, préméditées de sa part,
n'avaient-elles été pour le gentleman aux cheveux
blancs qu'un résultat des hasards de la promenade.

Peut-être aussi ce gentleman, sachant depuis la
veille que la séduisante écuyère était fille du banquier ruiné Jules Leroux, jugeait-il désormais inop-
portun de se rencontrer sur son passage.

Le champ des conjectures était vaste, et Lazarine
se posait une multitude de questions auxquelles elle
ne pouvait répondre, quand tout à coup son poney,

qu'elle laissait marcher à sa guise, releva la tête et dressa l'oreille.

L'amazone devint attentive.

Les aboiements d'une meute et les notes stridentes d'une trompe sonnant le *bien-aller* se faisaient entendre à une assez faible distance, dans une large tranchée coupant les bois du nord au sud et qui, cinq cents pas plus loin, rencontrait le chemin couvert.

Lazarine se dit :

— On chasse en forêt... Ce doit être lui...

Elle poussa son poney, atteignit la tranchée et s'arrêta sur le bord d'une petite clairière encombrée d'arbres fraîchement abattus. — Tout près d'elle, un vieux bûcheron sifflait en liant des fagots.

La chasse n'était pas encore en vue, mais les voix des chiens et les sons de trompe se rapprochaient rapidement.

Bientôt apparut l'animal de chasse, un chevreuil, détalant avec une fantastique rapidité.

Derrière lui venait la meute ; douze ou quatorze bâtards superbes, si serrés qu'on aurait pu les couvrir avec un manteau.

Un piqueur à cheval, la trompe aux lèvres, les suivait de près.

Enfin, à cent pas plus loin, deux cavaliers admirablement montés arrivaient comme la foudre.

L'un d'eux était le gentleman aux cheveux argentés.

L'autre, que Lazarine reconnut à la minute précise où il passait au galop devant elle, était le prince Godefroy de Castel-Vivant.

Le prince de son côté reconnut la jeune fille, fit un geste de surprise et dit quelques mots à son compagnon, mais il ne s'arrêta point, ne ralentit pas son allure, et les deux hommes s'éloignèrent à toute bride après avoir salué.

Lazarine avait vu le bûcheron ôter respectueusement son bonnet et prendre l'attitude la plus humble.

— Ce bonhomme m'apprendra ce que je veux savoir... — pensa-t-elle.

Et lorsque les cavaliers eurent disparu comme un tourbillon, ce qui ne tarda guère, elle s'approcha de lui.

— Mon ami, — lui demanda-t-elle, — vous connaissez ces deux chasseurs?

— C'est-à-dire, ma belle demoiselle, que j'en connais un... — répliqua le bûcheron.

— Lequel?

— Celui qui me fait gagner ma pauvre vie, attendu que depuis le premier janvier jusqu'à la Saint-Sylvestre je travaille pour son compte, et ça depuis plus de vingt ans... Ah! dame oui... — La forêt où nous sommes est à lui... et il en a bien d'autres... — Ses bois vont jusque de l'autre côté d'Orléans...

— Cela ne m'apprend pas son nom...

— C'est qu'alors vous n'êtes point du pays, ma belle demoiselle.

— En effet, je ne suis pas du pays.

— Eh ! bien, le digne monsieur s'appelle le marquis de la Tour-du-Roy. — C'est un ancien noble, bien doux pour le pauvre monde et généreux comme pas un... — Même il défend à ses régisseurs d'être trop regardants avec nous autres...

— Il habite les environs ?...

— Il habite la Tour-du-Roy à trois petites lieues d'ici, et c'est un château comme on n'en trouve pas beaucoup, vous pouvez m'en croire sur parole. — On vient le visiter de bien loin par curiosité. — Il n'y a dans le pays que le château de Gordes qui soit aussi superbe, à ce qu'on assure, mais je ne l'ai jamais vu, moi, le château de Gordes...

— Le marquis est marié sans doute ?

— Pour ce qui est de ça, ah ! dame non, il ne l'est pas... et c'est grand dommage, car les fils auraient peut-être valu le père, et il n'y a jamais trop de braves gens ! — Monsieur le marquis est garçon... vieux garçon, car nous sommes du même âge, lui et moi. — J'ai soixante-cinq ans... lui aussi, quoiqu'il paraisse mon cadet de vingt ans... — Ça tient peut-être à ce qu'il n'a point de femme et que moi j'en ai une... — Faut croire, — ajouta le bûcheron en riant,

— qu'il aura trouvé plus commode de se contenter
des femmes des autres, car vous pensez, ma belle
demoiselle, qu'un seigneur comme M. le marquis
plaisait aux dames dans son tempns... sans compter
qu'il leur plaît peut-être encore... ça ne m'étonnerait guère... il est droit comme un chêne, et vigoureux, et jamais malade... — il fait sauter à son
cheval des fossés de quatre mètres... — j'en connais
des jeunes, moi qui vous parle, j'en connais des
flottes de jeunes, qui seraient bien embarrassés de
piger avec lui...

—Acceptez ceci, mon ami, pour boire à ma santé —
dit Lazarine en mettant une pièce de monnaie dans
la main du bonhomme.

Grand merci, ma belle demoiselle... ça n'est point
de refus, — il fait chaud, et rien ne donne soif comme de lier un cent de fagots.

La jeune fille reprit le chemin des Vertes-Feuilles,
mais son attente et son dialogue avec le bûcheron
lui avaient fait oublier l'heure, et nous l'avons vue
arriver en retard au déjeuner de famille.

Pourquoi Lazarine, sachant que M. de la Tour-du-
Roy n'était point marié, questionnait-elle de nouveau son père à ce sujet?

Elle eût été peut-être fort embarrassée de le dire,
car en somme elle n'avait rien à cacher; mais la
duplicité, pour les petites choses comme pour les

grandes, est un besoin de certaines natures que la franchise effraye comme les rayons du soleil effarouchent les oiseaux de nuit.

Lazarine regagna sa chambre et s'absorba dans sa pensée.

Pour la première fois, depuis la dégringolade de son père et depuis son ensevelissement aux Vertes-Feuilles, elle se sentait presque joyeuse et l'avenir lui apparaissait sous de moins sombres couleurs.

Ayant au plus haut point l'orgueil de sa beauté, — nous l'avons entendu de sa propre bouche, — elle se croyait sûre d'avoir produit une impression vive sur le cœur, ou tout au moins sur l'imagination de M. de la Tour-du-Roy.

Que résulterait-il de cette impression ?

Personne ne pouvait le deviner, mais, le marquis étant célibataire, tous les rêves étaient permis et tous les espoirs légitimes.

Ce même jour, vers quatre heures de l'après-midi la jeune fille, paresseusement étendue dans un grand fauteuil près de sa fenêtre, et se fatiguant l'esprit à établir un calcul de probabilités, entendit avec surprise le sable de la cour craquer sous les roues d'une voiture et sous les sabots de deux chevaux.

Elle se leva d'un bond, en se disant : — « C'est peut-être LUI ! » et plongea son regard entre les lames des persiennes.

6.

Une grande victoria à huit ressorts, d'un style magistral, s'arrêtait devant le perron.

Le cocher et le valet de pied portaient la livrée de gala. — Les chevaux, d'une incomparable beauté, avaient des roses au frontail.

Un seul visiteur se trouvait dans la voiture et mit lestement pied à terre.

Ce n'était pas LUI, mais son hôte, le prince de Castel-Vivant, c'est-à-dire un trait-d'union entre le château de la Tour-du-Roy et le logis de Vertes-Feuilles.

Lazarine le comprit ainsi; ses belles lèvres ébauchèrent un sourire triomphant, et, sans même prendre le temps de jeter un coup d'œil à son miroir, elle descendit.

Le prince, léger comme un jeune homme, gravit les marches du perron et heurta presque le valet de chambre provincial qui venait d'ouvrir la porte vitrée du vestibule et regardait avec admiration le splendide équipage aux armes de la Tour-du-Roy.

— Monsieur Jules Leroux est-il chez lui? — demanda le nouveau venu.

Le domestique avait une consigne sévère.

Il ne devait, sous aucun prétexte, introduire un visiteur, quel qu'il fût.

— Monsieur est sorti... — répondit-il avec un aplomb médiocre, — il sera certainement désolé ...

bien désolé ... et si monsieur veut avoir la bonté de
me laisser sa carte...

— Il est sorti, dites-vous ... — interrompit le
prince. — Eh bien ! s'il est sorti, il rentrera ... je
vais l'attendre... Montrez-moi le chemin du salon...

— Monsieur, je suis au désespoir...

— Pourquoi donc ?

— J'ai l'ordre de ne recevoir personne...

— Très-bien... je comprends... le maître de la
maison est au logis, mais il se cèle... — C'est son
droit... — le mien est de ne point me tenir pour
battu... — Allez dire à M. Leroux que son ami, vous
entendez, son ami, le prince de Castel-Vivant insiste
pour lui serrer la main... — Allez vite.

Un prince ! — refuser la porte à un prince !... —
c'était dur, mais il le fallait sous peine de perdre sa
place.

— Monsieur le prince, — balbutia le domestique
très-ému, — c'est impossible.., impossible... impossible ! Monsieur m'a prévenu, je serais renvoyé...

Godefroy de Castel-Vivant se mit à rire.

— Je ne me pardonnerais point de compromettre
votre avenir dans une bonne maison comme celle-ci,
mon brave garçon, — fit-il. — L'art d'interpréter les
consignes est pour vous lettre close, cela saute aux
yeux, et je m'abstiendrai de toute tentative de cor-
ruption, mais je refuse de m'en aller bredouille...

— Je vais attendre dans le parc... — Prévenez votre maître, ou, s'il est vraiment sorti, annoncez ma visite à mesdemoiselles Leroux.

En ce moment parut Lazarine, en peignoir et les cheveux défaits.

— Cher prince, — s'écria-t-elle, — venez vite !... — Comme c'est bon et gracieux d'avoir pensé à nous !... — Je crois vous bien connaître, et depuis ce matin, vous ayant reconnu, je vous espérais presque, tant je vous sais un prince idéal...

M. de Castel-Vivant baisa la main de la jeune fille avec une galanterie de grand seigneur de l'ancien régime, un peu surannée peut-être, mais, somme toute, d'un goût exquis.

— Ah ! vertudieu ! — dit-il, — je suis aise de vous voir, ma mignonne amie !... — J'ai donc une alliée dans la place ! — Votre château est une citadelle où l'état de siège règne et gouverne ! — On n'entre pas ici comme on veut, savez-vous !... — Malepeste, on vous garde bien !...

— Mon père n'est plus du tout l'homme que vous avez connu...

— Tant pis, car il était charmant...

— Son caractère s'est assombri beaucoup depuis les catastrophes qu'il ne prévoyait point... — Il vit très-retiré et ne veut voir personne... — Ai-je besoin d'ajouter que la consigne générale ne vous concerne

en rien et qu'il sera très-heureux de votre visite
— J'y compte absolument!... — Eh! quoi, ce cher
ami, il est si changé que cela!... Heureusement
chère mignonne, vous n'avez pas suivi son exemple...
— Toujours faite à souhait pour le plaisir des yeux!
— En habit de cheval vous étiez à croquer, et je
crois, Dieu me damne, que ce petit négligé coquet
vous embellit encore... — Ah! quel joli diable vous
êtes!...

Et M. de Castel-Vivant, prenant avec délicatesse
l'une des longues boucles rutilantes dont les cas-
cades inondaient les épaules de la jeune fille, appuya
cette boucle contre ses lèvres.

Le procédé était léger peut-être, et même un peu
risqué, mais l'âge du prince légitimait sans doute
beaucoup de menues privautés.

Tandis que se disaient les choses qui précèdent,
Lazarine, appuyée au bras du visiteur, avait traversé
le vestibule et franchi le seuil du salon.

Godefroy de Castel-Vivant s'approcha d'une fenêtre, ajusta son binocle sur son nez et regarda le
paysage étalé sous ses yeux.

— Mais, sapristi! — fit-il ensuite, — je ne comprends en aucune façon le spleen de mon excellent
ami... — Voilà certes un horizon superbe, un parc
merveilleux, et cette champêtre retraite est tout
simplement adorable.

—Si vous affirmiez cela à mon père, — répliqua Lazarine en souriant, — il ne serait pas de votre avis...

— Et vous, ma mignonne, en êtes-vous, de mon avis?

— Oui et non... — C'est pittoresque, j'en conviens, mais c'est bien ennuyeux... c'est mortel...

— Vous regrettez Paris?

— Paris et les millions disparus... Oh! oui, de toutes mes forces...

— Patience et courage... — Vous reverrez Paris... vous en serez la reine...

— Et les millions?

— Envolés d'un côté, ils reviendront d'un autre...

— Prince, ne me dites pas de folies... J'aurais peur de vous croire et la déception serait rude!... — Pardonnez-moi de vous laisser seul... Je vais chercher papa...

Et la jeune fille, svelte et gracieuse comme une nymphe de Jean Goujon, s'élança hors du salon.

— Il est certain, — murmura le prince, — qu'à cette fille étourdissante il faut un cadre d'or... Et, ce cadre, si je ne me trompe, je l'apporte...

VI

Profitons de la solitude momentanée du prince pour tracer de sa personne un croquis rapide.

Quel était au juste l'âge de M. de Castel-Vivant?

Bien des gens se posaient cette question et n'y pouvaient répondre de façon pertinente, le principal intéressé épaississant avec art les ténèbres autour de son acte de naissance.

Ses contemporains lui donnaient soixante-huit ou soixante-dix ans, mais ils trouvaient des incrédules tant ce gentilhomme semblait peu septuagénaire.

Grand, mince et cambré, et n'ayant pour ainsi dire rien perdu de l'élégance d'une taille jadis célèbre, Godefroy-Aymar-Enguerrand, prince de Castel-Vivant, offrait un visage un peu busqué, aux grandes lignes régulières et patriciennes.

Pendant plus d'un quart de siècle, on l'avait appelé : *le beau Godefroy*. — Au moment où nous le présentons à nos lecteurs il conservait des droits incontestables à cette flatteuse épithète.

Ses cheveux, ses moustaches et ses favoris, blonds autrefois, l'étaient encore, — et même d'une nuance plus brillante que jadis, — grâce à l'usage hebdomadaire d'une teinture anglaise du bon faiseur.

Pour soupçonner le travail de restauration patient et couronné de succès auquel le prince se livrait chaque matin, il fallait examiner sa figure attentivement et de très-près. — Alors seulement apparaissaient, sous les couches multipliées du pastel, les milles réseaux de petites rides fines et profondes sillonnant l'épiderme dans tous les sens. — Hormis le cas que nous venons de signaler, l'effet de trompe-l'œil restait complet.

A notre époque où, — malgré la loi, — le monde accepte avec complaisance une foule de titres, les uns imparfaitement prouvés, les autres de haute fantaisie, Godefroy de Castel-Vivant était un prince incontestable et le dernier représentant d'une maison très-historique.

Destiné dans sa première jeunesse à la carrière de la diplomatie, il était devenu promptement deuxième secrétaire d'ambassade; mais divers aventures galantes, effroyablement scandaleuses, suivies de quel-

ques duels malheureux, ou plutôt trop heureux, avec
des maris haut placés, l'avaient contraint à rentrer
dans la vie privée, aucun ambassadeur ne consen-
tant à se charger désormais d'un attaché si compromettant.

Du passage de Godefroy dans la diplomatie était
résulté pour lui le droit de porter une rosette multicolore du meilleur style, et d'attacher au revers
gauche de ses habits de bal une brochette de petites
croix très-jolies.

— Cette bimbeloterie ne signifie pas grand'chose...
— disait M. de Castel-Vivant, avec un sourire. — Elle
ne prouve rien du tout, mais c'est un accessoire
superlativement élégant dont la toilette d'un homme
du monde ne saurait se passer...

Le prince avait été riche, ayant trouvé dans l'héri-
tage de son père un million et demi, à peu près. —
Les revenus de ces quinze cent mille francs lui paraissant mesquins, il s'était empressé d'en vaporiser
le capital.

Il était devenu le mari d'une femme jeune, jolie,
bien née quoique de petite noblesse, dotée amplement et, avec cela, la vertu même ! — Ces mauvais
sujets de la grande école ont parfois des chances
inouïes.

La pauvre enfant adorait Godefroy et se forgeait
sur le bonheur à deux et sur les joies chastes du

I. 7

foyer toutes sortes de chimères romanesques et
d'imaginations provinciales dont le prince lui dé-
montra péremptoirement et rapidement l'inanité.

— Vous avez mon nom et mon titre, chère enfant, —
vous êtes princesse de Castel-Vivant, et je vous laisse
une liberté sans contrôle... — Que pouvez-vous dé-
sirer de plus ? — lui dit-il un beau jour, répondant
ainsi à quelque plainte timidement formulée.

La jeune princesse, hélas! trouvait, sans le mari, le
titre insuffisant...

Elle aurait voulu que Godefroy lui appartînt au
moins quelque peu...

Or, elle le voyait se prodiguer à toutes les femmes
sauf à la sienne. — Le premier cotillon venu le faisait flamber.— Il ne gardait que pour elle seule une
indifférence absolue.

Blessée dans son amour, froissée dans son amour-
propre, humiliée dans sa dignité, la pauvre petite
princesse prit le chagrin à cœur; elle eut la folie
d'en tomber malade, et la maladresse d'en mourir.

Godefroy fut parfait de convenance en cette occasion et se montra décemment affligé.

Il l'était en effet, et beaucoup, la fortune de la
jeune morte faisait retour à sa famille jusqu'au dernier sou.

Du reste il se consola vite en croquant sans

compter les derniers billets de banque, suprême épave de sa fortune personnelle.

Au moment où commence cette histoire, — et depuis de nombreuses années déjà, — il ne possédait plus qu'une rente viagère de quelques milliers de francs servie par un parent éloigné.

Il n'en réalisait pas moins le difficile problème de mener avec de si humbles ressource l'existence large d'un homme riche, sans jamais recourir à des moyens inavouables pour se procurer le superflu qui était son nécessaire.

Ne recevant âme qui vive et sans cesse hors de chez lui, le très-petit entresol que meublaient les débris de son luxe d'autrefois lui coûtait fort peu de chose ; — pour unique valet de chambre il avait un garçonnet de seize ou dix-sept ans.

Invité tous les jours, soit à déjeuner soit à dîner, dans dix maisons de tous les mondes, il ne mangeait jamais à ses frais.

Ses étés et ses automnes se passaient en villégiature dans les châteaux patriciens et dans les villas galantes.

Membre de trois cercles de high-life, il était de première force au wisth, jouait gros jeu, gagnait huit fois sur dix et savait s'arrêter à temps quand la chance se déclarait contre lui.

Il manquait quelque chose aux joyeuses parties

lorsqu'il n'en était pas. — Les soirs de premières représentations il avait toujours sa place gardée dans quelque loge.

Enfin les personnes aimables du monde interlope auxquelles par ses relations il se rendait souvent utile, s'en montraient reconnaissantes, ce à quoi il tenait plus qu'on ne saurait croire car il conservait, malgré son âge, une invraisemblable verdeur.

Godefroy de Castel-Vivant prouvait d'ailleurs en toutes choses un tact qu'il devait à sa longue expérience.

Personne, quoiqu'il vécût aux dépens de tout le monde, n'aurait eu la pensée de le traiter de *pique-assiette*, et la raison en est bien simple : — Assis sans nulle vergogne à la table des maîtres, il se montrait avec les valets généreux comme un prince. — En outre, au jour de l'an, il prodiguait les sacs de bonbons. — C'était là sa grosse dépense.

L'honorabilité de Godefroy ne pouvait être mise en doute. — Si léger, si insouciant, si dépourvu de sens moral que fût le vieux gentilhomme, on le savait incapable de transiger avec sa conscience lorsque l'honneur se trouvait vraiment en jeu.

Un jour un gros garçon fort riche, principal associé d'une forte maison de banque de Paris, le prit par le bras d'un air discret et l'emmena dans le fumoir du cercle.

Godefroy n'aimait pas ce gros garçon dont la lourde nature agaçait ses nerfs délicats, mais il était trop fin politique pour laisser voir son antipathie.

— Bon Dieu, — s'écria-t-il en riant, — quelle physionomie mystérieuse!... — Est-ce que nous allons conspirer?

— Cher prince, — demanda l'homme d'argent, — vous plairait-il d'avoir du jour au lendemain cent cinquante mille livres de rentes?

— Cela me plairait d'autant mieux que, les ayant eues et ne les ayant plus, je les regrette infiniment... — Me les offrez-vous, par hasard?

— Je vous les offre.

— Sérieusement?

— Ma parole d'honneur.

— Alors je vous écoute avec intérêt. — Pour devenir maitre et seigneur de cette tranche du Pérou, il faut faire quelque chose, je suppose...

— Évidemment.

— Quoi?

— Vous marier...

— Je m'en doutais. — Vous voilà donc, à mon intention, concurrent M. de de Foy! — Eh! bien, pourquoi pas, après tout? — Je suis veuf, et le mariage en lui-même n'a rien qui m'épouvante... — Allez au fait... — allez-y carrément!...

— M'y voici : — Une dame, — (notez, cher prince,

qu'elle est jeune et jolie) — possédant un capital de trois millions, en bonnes valeurs, et s'étant mis en tête de devenir princesse, s'est adressée à moi... J'ai promis de parler pour elle... Je parle... J'ai parlé... Ma mission est accomplie... — Que répondez-vous ?..

— Ça dépend.

— De quoi ?

— Du nom de la personne qui s'est mis en tête, comme vous dites, de devenir princesse, et qui me fait l'honneur de compter sur moi pour passer sa fantaisie...

— Vous ne devinez pas ?...

— Du tout! — je connais donc la dame ?

— Parbleu !

— Enfin, son nom ?...

— Laurence Tissier..

M. de Castel-Vivant devint un peu pâle ; — on ne vit point sa pâleur sous le fard qui couvrait ses joues, et fort tranquillement il reprit :

— Vous disiez vrai... — Laurence est charmante... — Mais je vous croyais, mon très-cher, du dernier bien avec cette aimable personne.

— Vous aviez raison de le croire... Seulement il est question pour moi d'un mariage richissime et, vous comprenez, je liquide mes dettes de cœur...

— Vous liquidez, — répliqua le prince du ton le plus calme, — et vous voulez, en liquidant, faire une

princesse authentique de celle qui fut votre maîtresse après avoir été la maîtresse de tout Paris... —
Ingénieuse idée !... — C'est Richelieu, talon rouge,
et j'admire !... Seulement il ne fallait pas, cher monsieur, en me choisissant pour comparse de votre
plaisanterie Louis XV, me forcer à vous dire que
vous êtes un drôle...

Le gros garçon stupéfait, bondit.

— Ah çà ! mais, — balbutia-t-il, — il me semble
que vous m'insultez !

— Pardieu, je l'espère bien, que je vous insulte !
— reprit Godefroy. — Je vous paye ma dette !... vous
aviez commencé, et, s'il vous plaît, vous m'en ren-
drez raison.

— Comment, cher prince ?... mais comprenez
donc...

— Trêve de platitudes et de palinodies, — interrompit M. de Castel-Vivant, — je n'admets aucune
excuse. — Il me serait pénible de vous souffleter. —
Donc restons-en là. — Dans deux heures mes témoins
seront chez vous.

— Ils y trouveront les miens ! — répliqua le négo-
ciateur en mariages, faisant contre mauvaise fortune
bon cœur.

Le duel eut lieu le lendemain, de bon matin, au
bois de Vincennes.

Le prince avait soixante-deux ans.

Son adversaire n'en avait que trente. — Il n'en reçut pas moins dans l'épaule un joli coup d'épée qui le tint au lit pendant six semaines.

Il nous a paru nécessaire de montrer ce côté chevaleresque d'un caractère si attaquable d'ailleurs sous tant d'autres rapports.

Godefroy de Castel-Vivant était inconscient et immoral, — il n'était pas vil.

Nos lecteurs le connaissent maintenant presque aussi bien que s'ils avaient vécu dans son intimité; — ils le connaîtront mieux encore quand ils seront instruits d'un dernier détail, bien original et bien typique.

Le vieux gentilhomme ne voulait à aucun prix trafiquer de son titre d'une manière déshonorante; mais comme ce titre, en somme, représentait un fort gros capital, il cherchait un moyen honnête de tirer parti de ce capital.

Un jour il s'écria : — J'ai trouvé!...

A partir de ce jour on vit apparaître tous les trois mois, à la quatrième page du *Figaro* et de diverses autres feuilles à fort tirage, une annonce ainsi conçue :

« *Un gentleman âgé, sans enfants, portant un nom historique et un titre de premier ordre qu'il verrait avec peine s'éteindre avec lui, transmettrait ce nom et ce titre par voie d'adoption, à un jeune homme* POSSÉDANT UNE

GRANDE FORTUNE. — *Écrire, poste restante, X. Y. Z.*
2,113. »

De nombreuses lettres, avons-nous besoin de le
dire ? arrivaient, poste restante, aux initiales dési-
gnées.

Le prince lisait les lettres, prenait des informa-
tions minutieuses sur les candidats, et, ne rencon-
trant point son *desideratum,* ne donnait aucune suite
à l'affaire.

Puis, nullement découragé, trois mois après il
recommençait ses annonces, qui préoccupaient pendant huit jours l'attention ou plutôt la curiosité publique et dont personne ne soupçonnait qu'il fût le
mystérieux auteur.

7.

VII

Il semble presque superflu d'ajouter que le prince s'habillait avec une irréprochable élégance.

Peut-être cette élégance était-elle un peu *jeune*, mais elle ne donnait, à coup sûr, aucune prise au ridicule.

Ce jour-là M. de Castel-Vivant portait un pantalon de coutil blanc, une redingote noire largement ouverte sur un gilet de piqué blanc, une étroite cravate de soie bleue, et un col rabattu laissant le cou tout à fait libre.

Des gants gris perle à trois boutons dessinaient ses mains longues et fines. — Sa rosette multicolore, du plus petit modèle, ornait discrètement sa boutonnière ; enfin un mince ruban de soie soutenait le binocle avec lequel il venait de regarder le paysage.

Lazarine, en quittant le salon, monta rapidement chez son père.

Elle le trouva couché sur un petit divan et fumant d'un air maussade une pipe à tuyau démesuré.

C'est dans cette attitude et dans cette occupation qu'il passait les trois quarts de ses journées.

Il leva la tête au moment où sa fille entrait.

— Qu'est-ce que signifie ce bruit de voiture que je viens d'entendre ? — demanda-t-il brusquement.

— Un visiteur pour toi, papa... — répondit Lazarine.

Le ci-devant banquier fit un geste d'impatience.

— Eh bien, — reprit-il, — ce visiteur est parti, je suppose ?...

— Pas de tout... — il t'attend... — il est au salon.

— Je mettrai ce soir à la porte le domestique idiot qui, malgré ma défense formelle, se permet de recevoir et d'introduire ici des étrangers... — s'é-cria Jules Leroux furieux.

— Joseph est innocent comme l'enfant à naître... — répliqua la jeune fille, — il se retranchait impi-toyablement derrière sa consigne... — C'est moi qui suis intervenue pour retenir le prince et pour le faire entrer, car tu devines qu'il s'agit du prince...

— Que m'importe le prince ? — Allez le rejoindre si bon vous semble, mademoiselle... — Je ne des-cendrai pas...

— C'est impossible.

— En vérité !

— Tout à fait impossible! — M. de Castel-Vivant
sait que tu es ici et qu'à cette minute précise je te
préviens de son arrivée. — Refuser de le voir serait
une impolitesse lourde.

— Je tiens fort peu à être poli.

— Tu deviens ours, c'est trop connu! point n'est
besoin d'une preuve nouvelle, mais M. de Castel-
Vivant est l'homme du monde le plus susceptible.
— Il trouverait ton procédé malséant et il t'en de-
manderait raison.

— Ai-je peur d'un duel? — s'écria le banquier en
se cabrant.

— Personne ne songe à contester ton ardeur belli-
queuse! Tu es brave comme l'épée que tu ne portes
pas!... Mais les préliminaires d'un combat singulier
amèneraient à leur suite des myriades de petits
ennuis que tu vas éviter, fort sagement, en descendant...

— On me force la main !... je proteste...

— Ah! proteste tant que tu voudras, pourvu que
tu descendes...

— Puis-je me montrer avec cette barbe longue et
ce costume plus que négligé?...

— Il te faut dix minutes pour faucher le poil superflu et remédier au désarroi de ta toilette... — je

cours retrouver le prince et je t'annonce. — En t'attendant nous taillerons une bavette... — Seulement dépêche-toi !

Et, sans même écouter la réponse de son père furieux mais obéissant, elle s'élança hors de la chambre et descendit comme un ouragan au rez-de-chaussée.

Depuis quelques instants la jeune fille, que l'exil à la campagne engourdissait notablement, avait réconquis sa vivacité de Parisienne et tout l'entrain de ses allures. — La métamorphose était complète autant que brusque.

Elle prit M. de Castel-Vivant par la main, le conduisit à un canapé et s'assit à côté de lui.

— Papa va descendre dans cinq minutes, cher prince ; — dit-elle. — Ne vous étonnez point si tout d'abord il n'exprime qu'imparfaitement la joie vive que lui cause votre visite... — Je vous le répète, bien changé, papa... bien changé... pas drôle du tout ! — Vous aviez sur lui beaucoup d'influence... — Si vous voulez vous en donner la peine, vous en aurez encore... — Usez-en pour lui remonter le moral... — Remettez-le dans le mouvement et vous serez un amour de prince...

— Soyez tranquille, ma mignonne amie, je ferai de mon mieux.

— Alors tout ira bien ; et maintenant, cher prince,

parlons s'il vous plaît de choses plus divertissantes...

— Depuis quand êtes-vous dans le Loiret?

— Depuis hier au soir... — Vous voyez que je n'ai pas perdu de temps pour venir vous baiser la main...

— Je vous l'ai déjà dit, vous êtes idéal! — Votre séjour sera-t-il long?...

— Je ne compte guère retourner à Paris avant un mois.

— De quel heureux châtelain êtes-vous l'hôte cent fois bien venu?

— Ne connaissez-vous pas le gentilhomme en compagnie duquel je suivais la chasse ce matin?

— Je le connais de vue, l'ayant croisé déjà dans la forêt plus d'une fois, mais j'ignore son nom...

— C'est le marquis de la Tour-du-Roy.

— Ah! — fit simplement Lazarine.

— Ce nom ne vous dit rien?

— Rien absolument, et je pense l'entendre prononcer en ce moment pour la première fois.

— Eh bien! le marquis est un grand seigneur, très-riche, et votre admirateur passionné...

La jeune fille se mit à rire:

— Mon admirateur passionné! — répéta-t-elle. — Je suppose que vous me permettrez de ne pas vous croire sur parole... — Me connaît-il seulement? — J'en doute...

— Il vous connaît, il sait qui vous êtes, et la ren-

contre de ce matin était la quatrième, toujours à peu
près au même endroit... — Il y a là-bas, paraît-il,
certain chemin couvert que vous semblez affectionner
beaucoup...

Lazarine, malgré son empire sur elle-même, rougit
imperceptiblement.

— Je laisse volontiers la bride sur le cou de mon
poney... — répliqua-t-elle, — c'est lui qui me conduit
à sa guise...

— Il a raison de vous mener là... les bois du marquis sont superbes... — Vous ne sauriez vous figu-
rer, ma belle mignonne, la joie vive de ce cher marquis, lorsqu'il a su que je m'honorais de compter parmi les meilleurs amis de votre père...

Lazarine ne s'informa point du motif de cette joie.

Elle le devinait trop bien pour le demander.

La conversation subissait un temps d'arrêt quand
Jules Leroux entra dans le salon.

L'ex-banquier était suffisamment rasé et vêtu de
façon presque correcte. — Sa physionomie n'offrait rien de bien engageant, mais pour la physionomie d'un homme contraint et forcé elle n'avait rien
non plus de trop rébarbatif.

Il serra d'assez bonne grâce la main du visiteur, et
la jeune fille, faisant preuve de tact et désirant laisser
au prince toute sa liberté d'action, battit silencieuse-
ment en retraite.

Les débuts de l'entretien furent difficiles. — Jules Leroux se barricadait dans sa froideur et M. de Castel-Vivant, malgré son affectueuse bonhomie, ne parvenait point à rompre la glace.

Enfin le prince, — sans doute en sa qualité d'ancien diplomate, — l'emporta sur le banquier, et par gradations insensibles vint à bout de le ramener à cette camaraderie si étroite jadis, et que la ruine avait interrompue.

— Maintenant, mon vieil ami, — dit le gentilhomme quand il eut obtenu ce résultat, — j'ai à me faire solliciteur auprès de vous...

— Solliciteur? — répéta l'ex-banquier en souriant, ce qui ne lui était pas arrivé depuis plusieurs mois.

— Sans doute...

— J'aurais compris cela jadis, quand j'étais dix fois millionnaire, car le million est un levier très-fort et je pouvais beaucoup. — Mais aujourd'hui je suis ruiné, donc impuissant. — Qu'attendre d'un homme pauvre? — Enfin, cher prince, disposez de moi...

— Il s'agit de la chose du monde la plus simple... — Un de mes bons amis, le marquis de la Tour-du-Roy dont je suis l'hôte en ce moment, sollicite l'honneur de vous être présenté, et je ne vous cacherai pas, mon vieux camarade, que j'ai positivement promis d'obtenir pour lui cette faveur...

Jules Leroux fit un haut-le-corps.

— Vous avez eu tort de promettre, — s'écria-t-il, — vous avez eu grand tort !

— Pourquoi donc?

— Parce que je laisserai protester votre engagement.

— Je n'en crois rien... — Vous consentirez...

— Je refuse...

— Les motifs de ce refus?

— Ils sont élémentaires. — Tombé d'une position très-haute dans une médiocrité qui, mes goûts et mes habitudes étant donnés, côtoie de fort près la gêne, j'ai résolu de rompre absolument avec mes relations d'autrefois, et difficilement j'ai fait pour vous une exception, — (que je suis loin de regretter d'ailleurs), — mais vous comprenez à quel point, ayant de telles idées, toute connaissance nouvelle me serait importune... — Je ne veux recevoir et je ne recevrai personne, surtout un grand seigneur colossalement riche, dont ma fortune me rendait l'égal autrefois, et dont je suis aujourd'hui l'inférieur...

— Infériorité que je nie !...

— Il suffit que je l'admette... — Donc, n'insistez pas... — Je suis désolé de ne pouvoir vous être agréable, mais j'ai dit mon dernier mot...

— Peut-être... — Je me charge de vous convaincre que vous avez tort...

Jules Leroux secoua la tête...

— Enfin, — reprit le prince, — consentez-vous à m'entendre ?...

— Vous êtes chez moi... La courtoisie m'oblige à vous prêter l'oreille tant qu'il vous conviendra de parler... Mais je vous ai prévenu, vous parlerez dans le désert ou plutôt vous vous heurterez contre un parti pris sans appel.

— C'est ce que nous allons voir... — Aimez-vous vos filles, cher ami ?

L'ex-banquier tressaillit involontairement.

— Certes, je les aime... — répliqua-t-il, — je les aime d'autant plus, les pauvres enfants, que j'ai vis-à-vis d'elles l'irréparable tort de les avoir ruinées. — Cela, je ne me le pardonne point, et, à vous parler franchement, elles ne me le pardonnent pas non plus, les deux aînées du moins... c'est trop facile à voir...

— Eh bien, — poursuivit M. de Castel-Vivant avec l'aplomb d'un homme qui par un argument sans réplique va pulvériser la résistance de son adversaire, — lorsque se présente une occasion de réparer en partie ce tort qui vous tient tant au cœur et que vous dites irréparable, pourquoi diable la repoussez-vous ?...

— Je ne vous comprends pas... — Quelle est cette occasion ?...

— Un mariage pour Lazarine... un mariage si

brillant que même à l'époque de votre splendeur, vous
n'en auriez pu rêver un plus beau... comprenez-vous ?

— Moins que jamais.

— Je vais vous mettre les points sur les *i*... — Le
marquis de la Tour-du-Roy est amoureux de votre
fille aînée...

— Allons donc ! — il ne la connaît pas.

— Il la connaît très-bien, au contraire, l'ayant
rencontrée ce matin même en ma présence. — Or,
cette rencontre était la quatrième depuis quatre
jours...

— Et le marquis vous a dit qu'il aimait Lazarine,
et qu'il songeait à l'épouser ?...

— Il ne m'a pas dit un mot de cela et je n'avais
nul besoin qu'il le dît... — Malheureusement pour
moi je suis un trop vieux roué pour qu'un aveu
me semble nécessaire en ces circonstances délicates.
— Robert de la Tour-du-Roy, malgé son âge, est la
naïveté même en matière amoureuse et ne sait rien
cacher de ce qui se passe en son cœur... — Le digne
gentilhomme s'était juré de mourir libre sous le
drapeau du célibat, comme il avait vécu... —Lazarine
a paru, —sa présence a suffi pour mettre à néant cette
résolution sage et prudente... — Un seul regard de la
blonde enfant a trouvé le défaut de la cuirasse... —
Le marquis perd la tête littéralement... Cela se devine
à ses moindres actes... — Hier il a suivi de loin votre

fille pour savoir son nom... — Ce matin, en apprenant que vous et moi nous étions intimes, il a failli me sauter au cou... — « Vous me présenterez à M. Leroux, — s'est-il écrié. — Vous me présenterez sans retard... Allez aujourd'hui même, cher prince, je vous en conjure, solliciter l'autorisation de me présenter demain... » — C'est tout au plus s'il a bien voulu me laisser le temps de déjeuner... — Selon lui je ne partirais jamais assez vite... — J'ai fait attendre pendant près d'une heure la voiture tout attelée, et le marquis avait grand'peine à cacher son impatience et sa fièvre... — Il me maudissait intérieurement, ce qui m'amusait fort... — Tout cela est clair, n'est-ce pas?... — Or le marquis, sollicitant l'honneur d'être admis dans votre maison, songe au mariage, c'est non moins clair... — Que pensez-vous de ma logique?... — Est-elle inattaquable?... — Vous vous taisez, donc vous êtes de mon avis et je me tiens pour satisfait.

— Mais, cher prince, — répliqua Jules Leroux, — en admettant que vous soyez dans le vrai, Lazarine a dix-huit ans, songez-y donc, et le marquis...

— Le marquis en a soixante-cinq, je le sais bien ... — interrompit M. de Castel-Vivant, — mais dans la situation des parties contractantes c'est un détail sans la moindre importance... — Aux quarante-sept années qu'il possède de plus que ma mignonne amie, Robert de la Tour-du-Roy joint trois cent mille livres de rente, un nom et un titre historiques, un château absolument princier, et la santé d'un homme de trente ans... — Vous voyez qu'il y a compensation...

— Mais encore faudrait-il consulter Lazarine... — murmura l'ex-banquier.

— On la consultera, et tenez pour certain qu'elle ne dira pas non... — La jolie cavalière, à l'heure qu'il est, soyez-en sûr, sait déjà aussi bien que moi et beaucoup mieux que vous à quoi s'en tenir sur ce qui nous occupe... — L'unique question à résoudre, en ce moment, est celle-ci : — Vous ai-je convaincu et recevrez-vous le marquis ?

— Eh bien ! — répondit Jules Leroux après un silence, — eh bien ! oui... — Je le recevrai, puisque vous le désirez si fort et que vous faites de moi tout ce que bon vous semble...

VIII

Le prince eut un sourire épanoui qui montra ses belles dents.

— A merveille !— s'écria-t-il, — vous voilà raisonnable... — J'étais certain d'avance de vous faire entendre raison... Vous êtes un homme trop supérieur pour repousser l'heureuse chance qui vous arrive à l'improviste... — Et maintenant, un bon conseil... — *Il faut battre le fer pendant qu'il est chaud*, dit un proverbe très-sensé... — D'ailleurs rien n'égale l'impatience d'un vieillard amoureux, et n'étant plus absolument jeune je dois en savoir quelque chose... — Ne faites pas languir le marquis... — Fixez tout de suite le jour de la présentation, et que ce jour soit proche...

— Mon Dieu, — répliqua Jules Leroux, — ceci

m'importe peu... — J'ai cédé sur le premier point, moi qui me croyais inébranlable... Je céderai fatalement sur tous les autres... — Je vous donne carte blanche... — Ce que vous déciderez en votre sagesse est accepté d'avance...

— De mieux en mieux ! — Vous ne sauriez remettre en des mains plus dévouées des intérêts si chers, vous en aurez bientôt la preuve... — Demain à quatre heures nous serons ici, Robert de la Tour-du-Roy et moi...

— Soit... — murmura l'ex-banquier en poussant un soupir. — Ah! cher prince, je vous fais là une concession énorme !... — Je m'étais si bien promis de m'isoler du monde entier dans cette bicoque, comme l'escargot dans sa coquille...

— Projet absurde ! Vous me remercierez d'en avoir fait justice... — On me reproche d'être égoïste... C'est une accusation calomnieuse!... — Je prends à cœur d'une façon étonnante ce qui touche à mes bons amis, et je vous compte parmi les meilleurs... aussi je nage dans la joie car la soudaine passion du marquis est un coup de fortune, non-seulement pour Lazarine, mais pour vous...

— Pour moi?... — répéta Jules Leroux.

— Sans doute, et je le prouve... Mais d'abord une question indiscrète : — Jusqu'à quel point êtes-vous ruiné? que vous reste-t-il?

— Tout au plus de quoi vivre.

— J'insiste pour savoir le chiffre.

— Cinq ou six cent mille francs, à peine.

Le prince sourit de nouveau.

— C'est modeste, — continua-t-il, — néanmoins vous avez des chances de ne point mourir de faim tout à fait... — Je reprends mon raisonnement... Robert de la Tour-du-Roy, six fois millionnaire, n'acceptera pas la moindre dot je vous le garantis: Donc il faut porter à votre actif ce qu'exigerait un mari pauvre... — Ce n'est pas tout... — Lazarine, grande dame et richissime, s'occupera de ses sœurs... — Les relations très-étendues résultant de sa situation nouvelle la mettront à même de trouver, pour Renée et pour Jeanne, des maris improbables aujourd'hui... — L'alliance, même indirecte, du marquis de la Tour-du-Roy, vaut une dot aux yeux de bien des gens... — Je vois avant un an vos filles cadettes mariées, et de façon brillante, sans qu'il vous ait fallu débourser un sou pour cela. Alors commencera pour vous une existence nouvelle et facile... — Un père de famille est à court avec vingt-cinq mille livres de rentes, mais un garçon qui n'a pas de charges se voit en situation fort bonne... — Ce sera votre cas... — Vous aurez un pied-à-terre à Paris, gentiment installé, et nous y mènerons de compagnie la vie joyeuse que vous regrettez... —

Eh! bien, mon vieux camarade, que dites-vous de
cet avenir? ne vous paraît-il point coquet?

Jules Leroux sourit à son tour, puis soupira après
avoir souri.

— Ah! ce serait trop beau... — répondit-il enfin.
— Vous arrangez les choses à votre fantaisie, cher
prince, et vous voyez l'avenir dont vous parlez à
travers le prisme trompeur de votre immortelle
jeunesse.

— Je le vois tel qu'il doit être... — tel qu'il sera...
— Laissez-moi faire... — tout ira bien!... — Maintenant je me sauve... — Robert attend, fiévreux,
agité, inquiet, digne enfin de compassion, et j'ai
pitié de son martyre... — Égoïste, moi? — Jamais!
— Tout pour mes amis! — et quand ils sont heureux je pense à mes plaisirs... — jamais avant! — A
bientôt, mon excellent bon, à bientôt...

Les deux hommes échangèrent une cordiale poignée
de main, et Jules Leroux conduisait vers la porte du
salon M. de Castel-Vivant lorsque Lazarine, qui
sans doute n'était pas bien loin pendant le cours de
l'entretien qui précède, reparut à l'improviste.

— Comment, cher prince, — s'écria-t-elle, — vous
nous quittez déjà?... — c'est une trahison!... je ne
vous ai pas vu cinq minutes, et je veux vous voir, car
vous savez que je vous aime... — Restez encore un
peu... — pour moi?... Rien qu'un petit quart d'heure...

— Impossible, ma mignonne amie, — répliqua Godefroy, — impossible aujourd'hui... mais je me dédommagerai demain...

— Vous reviendrez demain?... Bien sûr?...

—· Et je ne serai pas seul... — Votre père m'a permis de vous présenter mon ami, le marquis Robert de la Tour-du Roy dont je suis en ce moment le fondé de pouvoirs, et qui sollicite cette faveur avec une instance passionnée...

Lazarine baissa les yeux, mais pas assez vite pour cacher au prince une lueur orgueilleuse jaillissant entre ses longs cils.

— Il paraît que papa s'humanise! — répliqua-t-elle en riant, — Vous seul pouviez réaliser ce miracle!... — Amenez votre ami, cher prince... nous le recevrons de notre mieux...

M. de Castel-Vivant se pencha vers la jeune fille de manière à effleurer du bout des lèvres les ondes fauves de ses cheveux et lui glissa dans l'oreille ces mots :

A toute autre je dirais: — *Soyez très-belle!*... — A vous je dis: — *Soyez ce que vous êtes toujours!*...

Lazarine répondit par un petit mouvement de tête coquet et triomphant.

Nos trois personnages se trouvaient sur le perron.

Le prince fit signe.

Le cocher du marquis rendit la main à son attelage, et la victoria à huit ressorts qui stationnait sous l'ombrage des tilleuls décrivit une courbe savante et vint se ranger près des marches.

Dans son ensemble et dans ses détails l'équipage défiait toute critique.

L'écusson de M. de la Tour-du-Roy se détachait vigoureusement sur le bleu sombre de la caisse élégante. — Il se retrouvait gravé sur le cristal des lanternes et sur les cuivres étincelants des harnais.

Les deux grands carrossiers noirs, trois quarts de sang, superbes de forme et d'allure et merveilleusement appareillés, portaient au frontail des flots de rubans cerise tranchant sur le satin de leur encolure.

— Quels splendides chevaux! — dit avec enthousiasme Lazarine, qui s'y connaissait comme un maquignon.

— Mon ami Robert en a trente dans ses écuries, qui ne le cèdent en rien à ceux-ci... — répondit Godefroy de Castel-Vivant.

— Trente chevaux... — pensa la jeune fille — A la bonne heure... c'est un train de maison cela!... — Nous n'en avions que quinze quand nous étions très-riches... c'était presque mesquin... — A quoi ses dix millions servaient-ils à papa?

Le prince alluma un cigare, monta lestement dans la voiture, fit de la main un dernier salut, et les steppers anglais s'embarquèrent au grand trot.

— C'est beau, le luxe! — murmura Jules Leroux avec mélancolie.

— Il y a quelque chose de plus beau... — répliqua Lazarine.

— Quoi donc?

— L'argent, qui donne le luxe.

— C'est vrai... Sa Majesté l'argent!... Le Dieu du jour!... Le roi du monde!... — Tu as dix-huit ans et tu es jolie... tu seras riche peut-être, toi...

— Est-ce ton idée, papa? — demanda Lazarine en riant.

— Franchement, oui.

— Eh bien, franchement, c'est la mienne aussi...

A quatre kilomètres de Vertes-Feuilles le prince vit au loin sur la route deux cavaliers séparés l'un de l'autre par une distance de cinquante ou soixante pas et marchant à une très-vive allure.

— Dieu me pardonne, — pensa Godefroy, — voilà mon ami Robert qui vient en personne à ma rencontre... — Il n'a pas eu la patience de m'attendre chez lui! Allons, il est solidement mordu!

Le prince ne se trompait pas.

En quelques minutes M. de la Tour-du-Roy eut franchi l'espace qui le séparait encore de son ambassadeur officieux, il s'arrêta, mit pied à terre, jeta la bride de son cheval au groom qui l'avait rejoint, et prit place dans la victoria.

— Eh bien, cher prince? — demanda-t-il d'une voix émue.

— Eh bien, cher marquis, tout marche à souhait... — Mon ami Jules Leroux renonce exceptionnellement, en votre faveur, à ces habitudes de retraite farouche qui vous causaient quelque inquiétude, au sujet du succès de ma démarche... — Les portes des Vertes-Feuilles — (qui ont failli, ma foi! ne pas s'ouvrir pour moi) — s'ouvriront au grand large pour vous?...

— Bientôt?...

— Ce ne saurait être plus tôt, à moins de tourner bride et d'y courir tout de ce pas, ce qui ne serait point séant... — On nous attend demain à quatre heures.

— Comment vous témoigner ma reconnaissance? — s'écria le marquis en serrant avec effusion les deux mains de Godefroy.

— Rien de plus facile... — Honorez-moi de la confiance illimitée que je mérite à tous égards... — Dites-moi nettement, carrément, péremptoirement, pourquoi cette visite vous tient si fort au cœur...

— Ne l'avez-vous pas deviné déjà?

— Je l'ai deviné peut-être, mais je tiens à l'entendre de votre bouche.

— Que votre volonté soit faite... Je n'aurai pas de secret pour vous... mais je vous paraîtrai ridicule...

— Ah! mordieu! je vous en défie! — Est-ce que nous autres gens de race nous donnons prise au ridicule?... Jamais de la vie, marquis! nous laissons cela aux bourgeois!...

— Eh bien, — murmura le marquis d'une voix basse et troublée, — je suis amoureux... amoureux comme un fou... amoureux à mon âge... et de qui? d'une enfant...

— Lazarine n'est point une enfant... Elle a dix-huit ans accomplis...

— Et j'en ai, moi, soixante-cinq sonnés! — Je pourrais être son grand-père!... — Ah! je ne m'illusionne pas, cher prince, sur l'absurdité de cette passion qui m'a terrassé comme un coup de massue au moment où certes j'avais le droit de croire à l'éternel repos de mon cœur... — Je vois que je suis fou, et le courage me manque pour combattre la folie qui me domine! — Je sais que je marche à l'abîme, et rien ne pourrait m'arrêter sur la pente où mon destin me pousse... — J'ai vécu toute une longue vie, fier de mon indépendance absolue et me jurant de la conserver jusqu'à la fin, et quand je touche au terme, quand je suis un vieillard, voilà que mon cerveau s'allume sous la neige de mes cheveux... Voilà que je suis pris, garrotté, vaincu, esclave! Ah! je me fais honte à moi-même!

— Eh! mon ami, — répliqua M. de Catel-Vivant.

— c'est cela qui est absurde ! — La limite d'âge
n'existe point pour les sentiments tendres, et le
cœur a le droit de battre aussi longtemps qu'il se sent
jeune... — Pour chercher le bonheur il n'est jamais
trop tard...

— Le bonheur!... — répéta mélancoliquement le
marquis, — je n'ose même l'espérer... — Ai-je une
seule chance de voir accueillir ma demande ? — Mademoiselle Leroux ne sourira-t-elle point de dédain à la
pensée de cette union de Géronte et d'Isabelle?.. —
Que me restera-t-il en ce monde si je suis repoussé?...

— Ne craignez pas cela ! — Depuis longtemps je
connais Lazarine... elle est très raisonnable...

— Alors elle m'épousera par raison... Elle deviendra ma femme sans m'aimer...

— Pourquoi ne vous aimerait-elle pas ? — interrompit le prince. — En vérité, votre modestie passe
les bornes!... — Tout en vous donne un démenti à
l'acte de naissance qui vous octroie soixante-cinq
ans... — Vous avez la vigueur, l'énergie, l'élégance!...
— Regardez-vous donc ! — Vous êtes superbe! — Si
vos cheveux sont argentés, qu'importe? — Sous la
Régence on portait de la poudre... — Croyez-m'en
sur parole, vous pouvez plaire encore...

Le marquis secoua la tête.

— Oui, vous pouvez plaire, vous devez plaire et
vous plairez! — reprit Godefroy impétueusement.

— Votre tournure et votre regard sont ceux d'un homme de trente ans ! — A ces avantages naturels joignez le prestige d'un grand nom, d'une grande fortune, et rendez-vous compte que pour une jeune fille, charmante et distinguée de tous points, je le proclame, mais sortant d'une souche absolument bourgeoise, vous êtes l'oiseau bleu, le phénix, le vainqueur irrésistible. — Et puis enfin, soyons pratiques : — A quoi bon demander à l'existence plus qu'elle ne peut donner?... La vie vous semblerait pleine d'amertume sans la possession de Lazarine. — Eh bien, vous épouserez Lazarine, et le mariage c'est la possession!!

Godefroy continua longtemps sur ce ton, matérialisant de plus en plus sa pensée, si crûment que nous ne pouvons le suivre dans cette voie, et le marquis de la Tour-du-Roy finit par se rassurer un peu et par envisager sous de moins sombres couleurs l'avenir de son amour...

IX

Un peu avant la fin du déjeuner de famille si fertile en orages, la seconde fille de Jules Leroux s'était,
nous le savons, retirée dans sa chambre, furieuse
contre Lazarine qu'elle jalousait instinctivement et
dont les prétentions hautement affichées l'irritaient
et la blessaient à la fois.

Là, pour calmer ou plutôt pour oublier sa colère,
elle eut recours au remède héroïque qui lui servait à
combattre l'ennui, cet ennemi de toutes les heures.
— Elle s'étendit sur une chaise longue, ferma les yeux
et s'endormit. — Son sommeil se prolongea si bien
qu'elle n'eut point connaissance du petit incident
survenu dans l'après-midi et dont les conséquences
importantes devaient si peu se faire attendre.

En rejoignant son père et ses sœurs pour le repas

du soir, Renée fut frappée du changement de physionomie de l'ex-banquier et de l'expression triomphante parfaitement visible sur le visage de Lazarien.

S'était-il donc produit quelque fait imprévu tandis qu'elle avait l'insigne maladresse de dormir ?

Trop orgueilleuse pour paraître s'intéresser à autre chose qu'à sa personne, Renée n'eut garde d'interroger, mais elle se tint à l'affût, prête à saisir au passage le moindre mot de nature à satisfaire sa curiosité ombrageuse.

Ce mot, d'ailleurs, ne se fit guère attendre.

— Demain, — dit Jules Leroux en s'adressant à sa fille aînée, — il faudra surveiller toi-même les lourdauds de notre entourage et suppléer par tes conseils à leur insuffisance absolue... — Sauvegarde notre amour-propre, autant que faire se pourra, avec les maigres ressources dont nous disposons.

Renée dressa l'oreille.

— Sois calme, papa... — répondit Lazarine en souriant, — j'accepte, à ta demande générale, les fonctions délicates de tapissier décorateur et de metteur en scène... — Je ne te promets point un luxe asiatique, oh ! non ! mais je ferai de rien quelque chose... — Tu ne reconnaîtras plus le salon, et grâce à mes instincts d'artiste notre modeste intérieur prendra vraiment bon air...

— Il sera difficile de ne point offrir un rafraîchis-
sement quelconque... — reprit l'ex-banquier.

— Un petit lunch agreste et bon enfant... — j'y ai
déjà pensé... — des sandwiches au pain bis, de la
crème fraîche, des gauffrettes que Marion réussit fort
proprement, des fraises et du vin de Champagne, il
n'en faut pas davantage... As-tu du vin de Champagne, papa?

Jules Leroux fit un signe négatif.

— Alors, c'est le radeau de la *Méduse!* — s'écria la
jeune fille presque gaiement.

— Mais, — reprit l'ex-banquier, — j'enverrai ce soir
à Orléans en chercher un panier ...

— Nous sommes sauvés! ... Avec énormément de
fleurs sur la table, le petit lunch champêtre *aura de
l'œil !*

Renée ne pouvait croire ce qu'elle entendait.

A quel sujet ces préparatifs dans une maison dont
il était archiconvenu qu'aucun étranger ne franchi-
rait le seuil ?

Elle n'y tint plus.

— Ah çà? mais, — demanda-t-elle, — on reçoit
donc ici, demain?

— Sans doute... — répliqua Lazarine en attachant
sur Renée un regard moqueur, — on reçoit, ma
chère...

— Et qui cela, s'il te plaît?

— De hauts et puissants personnages; oh! mon Dieu, oui... un prince et un marquis... tout bonnement...

Renée tressaillit.

— Le prince de Castel-Vivant et le marquis de la Tour-du-Roy, — fit-elle; — je le parierais...

— Tu aurais gagné ton pari...

— Et, — poursuivit la jeune fille, — comment savez-vous que ces octogénaires doivent honorer les Vertes-Feuilles de leur noble présence?

Lazarine fronça le sourcil.

— Nous le savons, — répliqua-t-elle d'une voix âpre, — parce que l'un de ces *octogénaires*, — elle appuya sur le mot souligné, — est venu solliciter aujourd'hui l'autorisation de présenter l'autre demain.

— Et papa a reçu l'antique ambassadeur?...

— Dame! il faut croire...

— Alors, les beaux projets de retraite et de solitude?...

— Évanouis, ma chère... — disparus... autant en emporte le vent!...

— Ainsi notre maison va devenir une succursale de Sainte-Périne?...

— Pourquoi pas?...

— Et l'on mettra sur la grille du parc un écriteau portant ces mots: *Au rendez-vous des vieux garçons?*

Pour la seconde fois, Lazarine fronça le sourcil.

— Tu es en verve, ce matin ! — dit-elle avec un calme forcé, — seulement ton esprit se fourvoie... — Tu oublies que le prince est veuf, et tu ignores si le marquis est marié...

— Il ne l'est pas ! — s'écria Renée. — Je l'ignore, c'est vrai, mais j'en suis sûre !... Sans cela, pourquoi viendrait-il ?

Lazarine haussa les épaules en répliquant :

— Je ne te comprends plus...

— Oh ! que si ! tu me comprends bien ! — reprit violemment Renée, incapable d'imposer silence à sa jalouse rage. — D'ailleurs, c'est assez clair... — T'ayant rencontrée ce matin, le marquis s'est, à première vue, épris de tes charmes vainqueurs ! — Il déposera demain à tes pieds son cœur, sa perruque et son nom. — D'avance c'est écrit... — Mes compliments, marquise.

Lazarine devint pourpre mais elle se contint et, quittant sa place, elle fit à sa sœur une belle révérence ironique.

— Tes compliments, petite, je les accepte, — répondit-elle avec un rire contraint, — et je souhaite, surtout pour toi, que tu sois bon prophète.

— Pour moi ? — répéta Renée hors d'elle-même — Comment, surtout pour moi ?...

— Sans doute... — La marquise de la Tour-du-Roy, grande dame et six fois millionnaire, ferait son devoir en te protégeant, sois en sûre, et te trouverait peut-être un mari.

— Un vieux mari fossile!... un ancêtre!... un débris!... — s'écria la jeune fille. — Jamais! Je n'en veux pas!

— Les raisins sont trop verts... — murmura Lazarine railleusement.

Une querelle ainsi commencée pouvait être longue, et, le caractère des deux sœurs étant donné, risquait de se terminer par une scène scandaleuse, mais Jules Leroux mit le holà en déclarant que Renée avait tort, et qu'il la consignerait dans sa chambre pour quarante-huit heures si elle ne se taisait à l'instant.

L'ex-banquier semblait décidé à prendre cette rigoureuse mesure. — Or, la jeune fille tenait par-dessus tout à être témoin de l'entrevue du lendemain, espérant bien que de cette entrevue résulterait quelque déception pour Lazarine.

En conséquence elle se calma, du moins en apparence, puis au bout d'un quart d'heure, se prétendant souffrante, elle sollicita d'un ton très-humble l'autorisation de remonter chez elle, et l'obtint sans conteste.

Une fois seule elle cessa de se contraindre, et c'eût été un triste spectacle que de voir cette jeune fille si merveilleusement belle défigurée par la fureur. —

Une sérieuse crise de nerfs la jeta sur son lit, le visage livide, les membres agités de soubresauts, les yeux presque hagards.

Et dans les phrases incohérentes qui passaient en sifflant entre ses dents serrées, on aurait pu saisir celles-ci :

— Lazarine riche quand je resterais pauvre... Lazarine grande dame... six fois millionnaire et m'accablant de sa protection insultante ! Allons donc ! Est-ce que c'est possible ? Plutôt mourir que d'accepter cela ! — Ah ! ce mariage n'est pas encore fait ! il ne m'a pas vue, ce vieillard qui se croit épris de cette fille aux cheveux rouges... — Je suis belle aussi, moi... plus belle que ma sœur... cent fois plus belle !... — Il me verra demain... Rien n'est fini... — Tout peut changer...

*
* *

Assurément les jolis gommeux qui formaient l'entourage assidu des deux filles aînées du banquier auraient éprouvé, le jour suivant, un étonnement sincère en voyant Lazarine à l'œuvre, et se seraient écriés dans leur stupeur :

— C'est inouï ! pyramidal ! insensé ! — C'est d'un galbe épatant !... ah ! mes petits enfants, quel relief !...

La jeune fille, dès le matin, parut transformé .

Elle qui, soit par insouciance soit par orgueil, —
et peut-être pour ces deux motifs, — n'avait jamais
daigné s'occuper du moindre détail d'intérieur,
prouva tout à coup les aptitudes d'une maîtresse de
maison très-entendue.

Levée en même temps que l'aube, elle mit en réquisition le domestique provincial, la femme de
chambre mal dégrossie et la fille du jardinier, les
dirigea comme si de sa vie elle n'avait fait autre
chose, et malgré leur inexpérience et leur maladresse
ils devinrent pour elle des auxiliaires utiles.

Les soins d'une propreté flamande restituèrent aux
meubles un peu fanés le lustre des anciens jours. —
Lazarine découvrit au fond d'un placard toute une
collection de ces vases en vieille faïence de Rouen
qui sont aujourd'hui si fort à la mode et se payent au
poids de l'or.

Des gerbes de fleurs furent disposées avec un goût
exquis dans les potiches, les cornets et les jardi-
nières. — Grâce aux vives couleurs de cette flore aux
doux parfums, étalée de toutes parts, le salon prit
l'aspect joyeux d'une vaste serre embaumée.

C'était bien mieux que riche ; c'était frais, coquet,
idéal.

Jules Leroux, — quand il descendit, — fut ébloui
et ne le cacha point,

— Tu es une fée ! — s'écria-t-il. — Ta promesse

d'hier est réalisée... Tu as fait quelque chose avec
rien... Je ne reconnais plus cette bicoque...

Renée silencieuse se mordit les lèvres. — Ne pouvant contester le succès de son aînée, elle s'en
irritait.

Jeanne donna un libre cours à son ravissement.
Elle battit des mains, comme une enfant qu'elle
était encore, puis, jetant ses deux bras autour du
çou de Lazarine, elle lui dit :

— Tu vois bien, sœur chérie, que l'argent est presque inutile, ou du moins qu'on peut s'en passer...—
Nos grands salons dorés de Paris me plaisaient
moins que celui-ci, et beaucoup de gens, je t'assure,
seraient de mon avis... — L'éclat des plus belles tentures pâlit près de l'éclat des fleurs, et le bon Dieu,
qui est très-bon, a donné les fleurs à tout le monde,
aux pauvres aussi bien qu'aux riches...

Lazarine se mit à rire.

— Mon amour-propre est flatté de ton suffrage,
petite sœur, — répliqua-t-elle, — mais tu ne me con-
vertiras point avec les paradoxes...— Pour flétrir les
tentures que tu dédaignes, il faut des années, et les
fleurs que voilà seront fanées demain... — Pardonne-
moi si je mets ma prose à la place de ta poésie... —
Que veux-tu? Je suis positive... — A ces bouquets
qui font ta joie je préfère les guirlandes artificielles
de la bonne faiseuse... — Elles ont du moins, à

défaut d'autre mérite, celui de coûter fort cher... —
J'emploie les fleurs, faute de mieux, mais si j'avais à
ma disposition toutes les roses, tous les lis et tous
les camellias de la terre, je les donnerais pour un
lingot d'or... — Ai-je raison, papa ?...

— Cent fois plutôt qu'une ! — répondit avec conviction l'ex-banquier. — Ta sœur ne sait rien de la
vie... Elle verra plus tard, quand elle sera tout à fait
grande fille, que l'argent est le roi du monde... Elle
ne le verra que trop tôt...

A cela il n'y avait rien à répondre.

Jeanne baissa la tête et se tut.

Lazarine, aussitôt après le repas du matin, s'oc-
cupa de faire subir à la salle à manger, où le petit
lunch devait être servi, une métamorphose semblable à celle du salon et elle y réussit non moins
bien.

Quand tout fut prêt il était deux heures de l'après-
midi.

Le prince arriverait à quatre heures précises
avec le marquis de la Tour-du-Roy ; il ne restait
donc aux jeunes filles que juste le temps nécessaire
pour mener à bonne fin l'œuvre capitale de leurs
toilettes.

Jeanne, qui comptait bien ne point quitter sa robe
de toile d'un bleu pâle, sortit de la maison et gagna
les allées ombreuses du parc.

Renée et Lazarine montèrent dans leurs chambres.

Après d'assez longues réflexions Renée prit le parti de s'habiller de noir. — Sa robe un peu décolletée et à manches courtes mettait en valeur les perfections de sa taille. — Une guimpe et des manches de tulle noir, brodé de jais, voilaient à demi ses épaules, la naissance de sa gorge et ses bras, en laissant deviner les contours arrondis et la blancheur nacrée de la chair.

Dans ses cheveux d'un noir bleuâtre elle piqua, comme les Espagnoles, une rose rouge pour tout ornement.

Cette parure, si sombre et si simple, donnait à sa personne élégante un cachet saisissant.

Elle se regarda dans une glace et se dit :

— Je suis très-belle...

Lazarine, guidée par le hasard, se fit l'antithèse vivante de sa sœur.

Elle se vêtit de mousseline blanche.

Elle tordit très-haut sur sa tête, dans un savant désordre, les masses de sa chevelure cuivrée dont un ruban de soie bleu de ciel aviva les teintes ardentes.

Elle noua autour de son cou un mince ruban de velours noir, et deux rubans pareils autour de ses poignets.

La peinture seule pourrait donner une idée du charme inouï de cette splendide créature sous ce

costume de pensionnaire. — Jamais la forme féminine n'eut des séductions plus puissantes, plus irrésistibles, plus magiques.

Lazarine sourit à son image et pensa :

— Si le marquis de la Tour-du-Roy n'était vaincu
d'avance, je crois que ma victoire aujourd'hui serait
peu disputée.

La jeune fille ensuite se mit à la fenêtre et, protégée par les persiennes fermées à demi, regarda du
côté de la grande avenue.

Quatre heures sonnèrent.

La grille du parc s'ouvrit; un phaéton conduit par
le marquis lui-même, ayant le prince à sa gauche, se
dirigea rapidement vers l'habitation :

— Il a vraiment grand air, ce gentilhomme... —
se dit Lazarine, — et ses cheveux blancs lui vont
bien...

Jules Leroux s'avança sur le perron pour recevoir
ses visiteurs.

X

Lazarine sortit de sa chambre.

Dans le corridor elle rencontra Renée, qui sans doute avait épié comme elle.

Les deux sœurs ne s'adressèrent point la parole, et le regard qu'elles échangèrent exprimait tout autre chose que la sympathie.

Ensemble elles descendirent au salon, où Jules Leroux venait d'introduire le prince et le marquis.

Ce dernier, en voyant de près Lazarine, fut littéralement ébloui.

Il avait peine à reconnaître, sous cette blanche et virginale parure, l'amazone hardie qui s'était si victorieusement emparée de son cœur. — Elle lui semblait cent fois plus belle que lors des précédentes rencontres dans la forêt, maintenant qu'il pouvait

9.

admirer les transparences merveilleuses de son teint, la finesse inouïe de ses traits, la profondeur de ses prunelles, et le soyeux éclat de sa chevelure digne de la palette du Titien.

Pendant quelques secondes l'émotion le rendit muet, mais, éperonné par la crainte du ridicule, il domina son trouble et redevint ce qu'il était toujours : un homme du monde accompli, un parfait gentleman, un causeur agréable et brillant.

Il eut le bon goût de se montrer non moins aimable, non moins assidu près de Renée que près de Lazarine, sauf une nuance, mais bien importante : quand il parlait à l'aînée des deux sœurs, sa voix tremblait un peu.

Par la gracieuse simplicité de ses manières, par la bonhomie pleine de naturel de son attitude, il fit la conquête de Jeanne qui le trouva charmant, elle qui n'aimait pas beaucoup le prince.

Le petit lunch sans prétention eut un succès complet, et Jules Leroux fut contraint de s'avouer à lui-même que son amour-propre si chatouilleux d'homme ruiné n'avait eu à souffrir en quoi que ce soit.

A six heures seulement les visiteurs prirent congé.

Le marquis de la Tour-du-Roy partait radieux, ayant sollicité et obtenu l'autorisation de revenir.

Au moment de remonter en voiture, Godefroy serra d'une façon particulière la main de l'ex-banquier.

Cette éloquente pression signifiait :

— Tout va bien ... vous tenez le gendre phénix !...

A vrai dire Jules Leroux n'en doutait guère, et Renée n'en doutait pas plus que lui, tant la passion du marquis était visible même pour des regards inexpérimentés.

La jeune fille ne se faisait point illusion. — Elle ne conservait aucun espoir de disputer à sa sœur un triomphe désormais assuré, et ce triomphe l'irritait d'autant plus que M. de la Tour-du-Roy, malgré son âge et ses cheveux blancs, et abstraction faite de ses millions, lui semblait un mari absolument désirable.

Godefroy de Castel-Vivant avait eu bien raison de l'affirmer la veille, le marquis était superbe, et rien — (sauf son acte de naissance) — ne pouvait l'empêcher de prétendre à de galants succès.

La conduite de Lazarine, pendant toute la durée de la visite, pouvait et devait passer pour un chef-d'œuvre de tact et d'habileté.

Devinant à merveille avec son intuition féminine que les façons évaporées, le sans-gêne benoîtonnesque et l'abus de la langue verte si bien appréciés par l'entourage des gommeux parisiens, ne seraient pas de mise avec ce grand vieillard aristocratique, la cocodette de haute futaie que nous avons vue ne reculer devant aucune excentricité, était devenue comme par enchantement une jeune fille irréprochablement

élevée, ayant l'habitude d'un monde élégant, naïve
et spirituelle à la fois, et ne péchant ni par excès de
timidité ni par excès d'aplomb.

En la regardant, en l'écoutant, on devait comprendre qu'une couronne de marquise semblait faite
tout exprès pour cette tête charmante, et que la métamorphose de cette vierge adorable en grande dame serait la chose du monde la plus simple.

— Je n'avais jamais vu Lazarine sous cet aspect, —
pensait Jules Leroux émerveillé, — et je ne la croyais
pas de cette force !

Le surlendemain M. de la Tour-du-Roy, à cheval
et suivi d'un groom, arriva vers trois heures aux
Vertes-Feuilles.

Lazarine, qui ne se promenait plus dans les bois
le matin, l'attendait sous les armes.

A cette seconde visite plusieurs autres succédèrent, à de courts intervalles. — Le marquis venait
tantôt seul, tantôt en compagnie du prince.

Un jour, — au bout d'une quinzaine, — ce dernier
prit à part Jules Leroux et lui dit :

— Le moment solennel approche, mon très-cher.
— Je suis le confident de Robert... — La demande
pointe à l'horizon !... — Vous nous verrez jeudi... —
Gardez-nous à dîner...

— Mais...

— Il n'y a pas de mais... — il le faut... — Un

dîner sans façon... à la fortune du pot... — Rien qui
sente l'apprêt... — Le dîner de famille... — Le marquis ignore absolument que je vous préviens... —
Agissez en conséquence...

— Soit... — murmura l'ex-banquier en soupirant,
— mais vous dînerez mal...

— D'abord je n'en crois rien, puis le fait en lui
même aurait peu d'importance... — Soyez sûr que
mon amoureux ami, tout aux beaux yeux de Lazarine,
ne saurait distinguer la patte d'un vieux poulet maigre
de l'aile d'un faisant truffé...

— Lui je le crois... mais vous...

— Ne vous inquiétez pas de moi... et d'ailleurs le
poulet peut être jeune et gras...

Le programme tracé par M. de Castel-Vivant reçut
de point en point son exécution.

La visite annoncée eut lieu le jeudi suivant ! —
L'invitation, faite de fort bonne grâce, fut acceptée
avec enthousiasme, et le simple *dîner de famille* se
trouva, *par hasard*, être un dîner parfait dans sa
simplicité.

On prit le café dans le parc, sous une charmille,
au clair de lune.

— Une idée m'est venue, cher monsieur Leroux,
— dit alors le marquis d'une voix qu'il s'efforçait
d'affermir ; — qu'elle obtienne votre approbation et
je serai l'homme du monde le plus heureux...

— Pour vous rendre si heureux que cela, je ferais beaucoup, n'en doutez pas, — répondit le maître de la maison en souriant. — De quoi s'agit-il?

— Mesdemoiselles vos filles, ayant presque toujours habité Paris, n'ont peut-être jamais suivi de chasse à courre.

— Jamais, en effet.

— Or, une grande chasse bien conduite est chose intéressante. — En conséquence je propose d'en organiser une pour le jour qui vous conviendra de la semaine prochaine, et, après cette chasse, de vous conduire à la Tour-du-Roy où vous me ferez l'honneur de dîner... — Est-ce convenu ? — Je vous en supplie, réfléchissez avant de répondre... Un refus me désolerait...

— Dieu me garde de vous désoler... — répliqua l'ex-banquier. — Je ne refuse point... Mais il y a un obstacle...

— Lequel? — demanda vivement le marquis.

— Les moyens de suivre la chasse nous font absolument défaut...

— N'est-ce que cela ?... l'obstacle est facile à lever... — Mademoiselle Lazarine, je le sais, est une écuyère accomplie...

Lazarine sourit en rougissant un peu.

— Mes deux filles aînées montent à cheval,—reprit Jules Leroux, — mais pour galoper derrière une meute et franchir des obstacles, l'insuffisance de leurs poneys est indiscutable... — Je suis moi-même un cavalier médiocre, et Jeanne, en fait d'équitation, sait un peu moins que rien... — Une voiture serait nécessaire, et je n'en ai pas...

— Ne vous inquiétez point de ces détails! — s'écria M. de la Tour-du-Roy... — Une victoria conduite à la Daumont viendra vous prendre, et j'enverrai pour mesdemoiselles vos filles des chevaux sûrs, dont je garantis la sagesse et la docilité...

— Ah! — fit Lazarine avec feu, — envoyez-moi, monsieur le marquis, le cheval le plus difficile de vos écuries, je me charge d'en venir à bout! — J'ai une volonté de fer et un poignet d'acier... — Ma chère jument Norah était une adorable bête, mais nerveuse et quinteuse au delà du possible... — Je la montais tous les matins. — Elle tenait beaucoup d'abord à se débarrasser de moi, mais au bout de quelques semaines elle pouvait disputer le prix de douceur à un jeune agneau... — Ah! comme je l'aimais!...

— Et qu'est devenue votre jument Norah, mademoiselle?

— Elle a été vendue au Tattersall, il y a six mois, avec les autres chevaux de mon père. Pauvre chérie! En quelles mains se trouve-t-elle aujourd'hui! J'avais le cœur bien gros en la voyant partir... — De

tout ce que nous avons perdu, c'est elle que je regrette le plus...

Un éclair fugitif brilla dans les yeux du marquis.

Quelques secondes de silence succédèrent aux
dernières paroles de Lazarine.

Le prince rompit ce silence.

— La solution proposée par mon excellent ami, —
fit-il, — étant des plus pratiques, ou je me trompe
fort, ou tout est convenu.

— L'invitation est trop gracieuse et trop séduisante
pour être déclinée... — répondit Jules Leroux. —
Pour mes filles et pour moi, monsieur le marquis,
j'accepte...

Robert de la Tour-du-Roy serra avec effusion les
mains de l'ex-banquier.

— Il ne reste donc plus qu'à choisir le jour, —
reprit-il d'une voix émue.

— Celui qui vous conviendra sera le nôtre.

— C'est aujourd'hui jeudi. — Voulez-vous mardi
prochain

— Mardi, soit !

— Mesdemoiselles vos filles sont-elles matinales ?

— Assurément, — répondit Lazarine. — Les matinées, à la campagne, sont si belles en cette saison.

— Alors, — continua le marquis, — si vous le voulez bien j'arriverai à huit heures précises avec les chevaux de selle et la voiture. — Une heure nous suffira

pour nous rendre au rendez-vous de chasse qui se trouve presque à mi-chemin entre les Vertes-Feuilles et la Tour-du-Roy. — Nous déjeunerons en forêt vers midi, et nous gagnerons ensuite le château où ces demoiselles prendront quelque repos en attendant le dîner.

Jules Leroux n'avait aucune objection à faire ; ces arrangements furent donc approuvés séance tenante et le marquis, ayant obtenu ce qu'il souhaitait si vivement, fit donner l'ordre d'atteler.

Un quart d'heure après il remontait en voiture avec le prince :

— Eh bien, cher, — demanda ce dernier lorsque le rapide équipage eut dépassé la grille du parc, — êtes-vous content?...

— Je suis le plus heureux des hommes, — s'écria Robert, — et c'est à vous que je dois mon bonheur présent et que je devrai mon bonheur futur, car sans votre intervention bienveillante le père de Lazarine aurait certainement refusé de me recevoir... — D'ailleurs, qui m'aurait présenté?... — Cher prince, vous êtes mon bon ange...

— Tout est donc pour le mieux et votre joie m'enchante, parole d'honneur, autant que s'il m'arrivait à moi-même quelque chose d'inattendu et de particulièrement agréable... — Qui donc oserait dire encore que je suis égoïste?...

A une lieue environ des Vertes-Feuilles la route bifurquait. — En suivant la ligne droite, on allait à la Tour-du-Ròy. — En tournant à gauche, on se dirigeait vers Orléans.

Le marquis prit à gauche.

Godefroy lui posa la main sur le bras, en disant :

— A coup sûr, món excellent bon, vous connaissez ce pays mieux que moi. Cependant il me semble que vous vous trompez de chemin.

— En aucune façon... — Nous allons à Orléans.

— Ah ! bah !... Et dans quel but ?...

— J'ai besoin d'envoyer une dépêche à Paris...

— Cela nous fera rentrer bien tard...

— Soyez sans inquiétude pour votre sommeil, cher prince, — répliqua Robert avec un sourire. — Nous coucherons à la ville et nous profiterons de la fraîcheur du matin pour retourner à la Tour-du-Roy...

— C'est parfait !...

Les trotteurs, dirigés par une main habile, franchirent quatre lieues en cinquante minutes et ne s'arrêtèrent qu'à la porte du bureau de la télégraphie privée. — Il était clos, vu l'heure avancée. — Le marquis le fit ouvrir, indemnisa largement l'employé dont il interrompait le sommeil, et lui remit une dépêche pour être expédiée le lendemain au point du jour.

Par cette dépêche le gentilhomme chargeait son

homme d'affaires de se rendre au Tattersall sans
perdre une minute, de savoir à qui avait été adjugée
une jument de selle, nommée Norah, comprise six
mois auparavant dans la vente des chevaux de Jules
Leroux, de racheter à quelque prix que ce fût cette
jument, fallût-il la payer dix fois sa valeur, et de
l'expédier séance tenante à la Tour-du-Roy, par
.grande vitesse, sous la conduite d'un homme sûr.

— Lazarine l'a dit...— murmura Robert,— de tout
ce qu'elle a perdu dans l'écroulement de la fortune
paternelle, c'est Norah surtout qu'elle regrette... —
si je paye Norah cent mille francs, pour la lui rendre,
ce ne sera pas cher...

— Voilà certes de la galanterie transcendante, —
pensa le prince,— mais si j'avais cent mille écus de
rentes, j'en ferais bien autant... je l'ai prouvé jadis,
au temps heureux de mes belles folies...

Et il soupira.

XI

Le mardi suivant, quelques minutes avant huit heures du matin des trompes de chasse, sonnant une fanfare éclatante, annoncèrent aux habitants des Vertes-Feuilles l'approche de M. de la Tour-du-Roy.

Lazarine était déjà vêtue de son amazone et coiffée de son chapeau d'homme ; — sa longue chevelure flottait librement sur ses épaules.

Une expression de triomphe contenu illuminait son délicieux visage et la rendait plus séduisante encore que de coutume.

Elle se mit à sa fenêtre pour assister à l'arrivée des chasseurs.

Le marquis portant, selon la mode anglaise, un habit rouge, des culottes blanches et de hautes bottes à l'écuyère, montait un pur sang de grande taille, d'une parfaite beauté, et marchait à la tête d'un véritable cortége équestre.

Le prince se trouvait à sa gauche.

Derrière les gentilshommes venaient deux piqueurs à cheval, la trompe à la Dampierre aux lèvres, puis deux grooms maîtrisant non sans peine leurs cobs vigoureux et tenant en main les chevaux de selle destinés à Lazarine et à sa sœur.

Une victoria attelée de quatre steppers irlandais conduits par deux postillons, fermait la marche. — Deux valets de pied occupaient le siége de derrière.

En tout, douze chevaux et huit valets.

Voilà du vrai luxe ! — pensa la jeune fille — Oh ! l'argent, quelle puissance !...

L'ex-banquier attendait sur le perron avec Jeanne.

Renée ne se montrait point encore.

Lazarine descendit.

Le marquis et le prince avaient déjà mis pied à terre.

— Permettez-moi, mademoiselle, de vous présenter la monture que je vous destine... — dit M. de la Tour-du-Roy après avoir appuyé ses lèvres sur la petite main gantée de la jeune fille.

— Certes, je le permets, — répondit-elle en souriant, — et j'aurai le plus vif plaisir à faire connaissance avec elle...

Sur un signe du marquis, un des grooms s'avança jusqu'au perron.

Il tenait par la bride une jument anglaise d'une élégance exquise.

Cette jument était de moyenne taille. Sa petite tête sèche et fine, aux naseaux roses et bien ouverts, aux oreilles mobiles, s'attachait à une longue et souple encolure arrondie coquettement en cou de cygne.

Les yeux brillants et très-sortis, mais exprimant la malice plus que la douceur, donnaient à cette tête mignonne une expression quelque peu sournoise.

L'ampleur du poitrail, les membre fins et d'une netteté incomparable, les jarrets nerveux et développés, promettaient une vitesse de premier ordre et une vigueur exceptionnelle.

La robe, d'un alezan doré ou plutôt cuivré dont la nuance ressemblait un peu à celle des cheveux de Lazarine, n'avait pas une tache. — Le réseau mouvant des veines se dessinait sous la moire frémissante de l'encolure, des épaules et des flancs.

La fille aînée de Jules Leroux regarda pendant quelques secondes cette jolie bête avec une stupeur grandissante.

— Comment la trouvez-vous ? — demanda le marquis en souriant.

— Mais on croirait que c'est Norah ! ... — balbutia Lazarine, — une pareille ressemblance ...

Elle s'interrompit.

— Ne saurait exister, je le pense comme vous...
— acheva M. de la Tour-du-Roy. — Vous ne vous
trompez point, mademoiselle... C'est Norah...

La jeune fille étouffa une exclamation, descendit
d'un seul élan, comme une gazelle, les marches du
perron, et prenant à deux mains la tête expressive de
sa favorite, l'embrassa sur les naseaux avec une véritable furie de tendresse.

Norah fit entendre un hennissement doux et prolongé.

— La chérie me reconnaît!... — s'écria Lazarine.
— Ah! je ne m'attendais guère à la joie que j'éprouve
en ce moment!...

— Je suis plus heureux que vous de vous avoir
donné cette joie...— murmura le vieillard très-ému.

— Mais depuis quand Norah est-elle dans vos
écuries, monsieur le marquis? — reprit la jeune
fille.

— Depuis quarante-huit heures...

— Saviez-vous qu'elle m'avait appartenu?...

— Sans doute, puisque c'est uniquement à cause
de cela qu'elle est devenue ma propriété. — Vous
l'aimiez, vous la regrettiez... il fallait vous la rendre
et M. Leroux me permettra, je l'espère, de la mettre
à votre disposition pour tout le temps de votre séjour aux Vertes-Feuilles.

— Ah! monsieur le marquis, que vous êtes bon et que vous êtes charmant... — balbutia Lazarine, puis, entraînée par son premier mouvement, elle saisit les mains de M. de la Tour-du-Roy et les serra dans les siennes.

Le vieillard reçut en plein cœur une commotion si violente qu'il devint très-pâle, puis très-rouge.

— Cette belle passion jouera quelque vilain tour à mon pauvre Robert, — pensa le prince de Castel-Vivant. — Gare à l'apoplexie le soir des noces... — A son âge et au mien, que diable, il faut un peu plus de sang-froid...

Le marquis domina promptement son trouble et Jules Leroux, à qui le mariage de Lazarine semblait désormais presque certain, accorda de fort bonne grâce l'autorisation demandée.

. A cette minute Renée daigna paraître.

Elle était d'une beauté splendide sous son amazone de drap noir. — Le chapeau de feutre à plume rouge, crânement posé sur ses cheveux sombres, lui donnait une vague ressemblance avec les héroïnes de la Fronde.

Du premier coup d'œil elle vit la joie de sa sœur et reconnut Norah. — Ce fut pour sa nature envieuse une nouvelle et poignante blessure. — Elle se mordit les lèvres et pâlit.

— C'est effrayant de galanterie ! — se dit-elle; —

Ce vieillard millionnaire sera l'idéal des maris !... —
S'il m'avait rencontrée avant Lazarine, c'est moi qu'il
aurait aimée peut-être... — Tout pour elle ! rien pour
moi !... — Est-ce juste ?...

L'heure du départ venait de sonner.

Jules Leroux et Jeanne s'installèrent dans la victoria.

Renée monta le joli hack bai cerise amené pour
elle, et qui joignait l'agilité d'un cerf à la placidité
d'un agneau.

Les mains unies du marquis servirent de marche-
pied à Lazarine et la jeune fille, presque sans les
toucher, se mit en selle avec l'aplomb d'une écuyère
émérite, mais Norah, depuis qu'elle avait quitté l'écurie de sa jeune maîtresse, était redevenue difficile.

Méconnaissant tout d'abord sans doute la pression
caressante du corps de nymphe qui pesait si peu sur
elle, et la main légère qui la dirigeait avec tant de douceur, elle fit un écart énorme dès que le groom eut
lâché la bride, et bondit, rapide comme la foudre, à
travers la vaste pelouse faisant face à l'habitation.

M. de la Tour-du-Roy poussa un cri d'épouvante.

Renée baissa la tête pour cacher l'éclair de ses yeux,
tandis qu'une odieuse pensée traversait son esprit.

Lazarine se mit à rire.

— Ne craignez rien... — dit-elle de loin, — il n'y
a pas le moindre danger...

I.   10

En même temps elle forçait la jument à ralentir sa course folle, puis à s'arrêter tout à fait, et voulait la contraindre à revenir au point de départ.

Alors commença une lutte émouvante entre la jeune fille intrépide et la monture révoltée.

Norah, ne s'avouant pas vaincue, se défendait comme savent se défendre les chevaux de sang doués d'un caractère irascible et quinteux.

Pendant près de deux minutes la jolie et maligne bête épuisa son répertoire de sauts de mouton, de sauts de côté, de foudroyantes pirouettes, de pointes vertigineuses et de ruades insensées.

Lazarine, riant aux éclats plus que jamais, semblait changée en centauresse tant elle faisait corps avec la jument, et les péripéties de cette *fantasia* terrible ne la *déplaçaient* pas d'une ligne.

Elle ne s'irritait point contre l'indocile Norah. Loin de la ramener à l'ordre par les arguments de la cravache, elle lui parlait de sa voix la plus douce, et de sa petite main gantée lui caressait l'encolure.

Enfin Norah comprit, ou plutôt se souvint. — Elle s'apaisa brusquement et de toute sa grande colère il ne resta nulle autre trace qu'un léger frémissement de l'épiderme. — Plus de bonds, plus d'écarts. — Elle obéit, coquette et brillante, à la savante pression du mors et vint au petit galop de chasse se placer à côté du pur sang de M. de la Tour-du-Roy et du hack de Renée.

— Vous voyez, monsieur le marquis ! — dit Lazarine joyeuse et fière, — ça n'est pas plus difficile que ça !...

— Voilà la belle mignonne absolument remise ! — Elle ne recommencera point, j'en réponds !... Au fond, c'est un amour !

Le marquis et le prince battaient des mains.

Renée fronçait le sourcil et murmurait entre ses dents serrées :

— Encore un triomphe pour elle !... La chance ! toujours la chance !...

M. de la Tour-du-Roy fit un signe.

Les piqueurs embouchèrent de nouveau leurs trompes ; les chevaux piaffèrent ; les cavaliers et les écuyères s'embarquèrent au galop, et la victoria les suivit au trot relevé de ses steppers. — Les piqueurs et les grooms fermèrent la marche.

On atteignit bientôt la forêt. — Le marquis ralentit l'allure de son cheval, et tout le monde l'imita.

Les grands bois dont on venait de franchir la lisière étaient véritablement merveilleux à cette heure matinale.

Les feuilles sèches tombées des vieux chênes et les petits rameaux des branches mortes craquaient sous les fers des chevaux et sous les roues de la voiture.

— Une jolie brise fraîche passait entre les arbres,

chargée des aromes fins et doux des fleurs sylvestres
et des émanations fortifiantes et résineuses des
sapins.

Dans les fourrés, les oiseaux chantaient et criaient
— De temps à autre, un faisan prenait avec
bruit son vol vers la plaine. — Des lapins détalaient
sans trop de frayeur et parfois traversaient la tranchée presque entre les jambes des chevaux, pour
gagner les sentiers étroits où poussaient de grandes
herbes humides encore de rosée.

Lazarine respirait à pleins poumons et sentait avec
une indicible volupté Norah vibrer sous elle.— Pour
la première fois, depuis que son père avait perdu sa
fortune, elle se revoyait dans son élément et trouvait
du plaisir à vivre.

M. de la Tour-du-Roy, galopant à sa gauche, la
regardait sans lui parler et cette contemplation
muette le mettait en extase.

Le lieu du rendez-vous,— avons-nous besoin de le
dire ? — était admirablement choisi dans l'un des
endroits les plus pittoresques de la belle forêt où le
pittoresque abonde.

Huit routes aboutissaient au carrefour nommé le
Carrefour des Chevaliers; en l'honneur d'une large
table de granit presque brut, qui se trouvait à son
point central et dont l'origne se perdait dans la nuit
des temps. — De vagues légendes rattachaient

l'existence de ce bloc imposant aux traditions, non moins vagues, des *Chevaliers de la Table ronde.*

C'est là qu'après la chasse le déjeuner devait être servi.

Sur la lisière du carrefour les hommes d'équipage attendaient, tenant les hardes de chiens.

Le maître d'équipage se détacha du groupe, et, la cape à la main, vint faire son rapport au marquis.— Il avait connaissance d'un cerf.

— C'est bien... — dit M. de la Tour-du-Roy, dont le visage s'illumina, — à la brisée !...

On découpla les chiens qui se jetèrent aussitôt dans le fourré.

— Hardi là, mes toutous! — cria le maître d'équipage.

Un aboi isolé retentit d'abord, incertain et comme timide, puis deux, mieux accentués, puis dix, puis enfin la meute tout entière s'unit en un formidable concert.

Le maître d'équipage sonna coup sur coup le lancer, la vue et le bien-aller, et enfin la quatrième tête.

Soixante chiens, hauts de trois pieds, tous blancs avec de larges taches rousses, *gueulaient* à l'unisson, le nez sur la voie de l'animal de meute et prenaient chasse.

— En avant !— commanda le marquis.

— En avant ! — répéta Lazarine.— *Away my girl!* — ajouta-t-elle en rendant la main à Norah qui bondit, et la jeune fille, s'abandonnant à la jouissance indicible de la vitesse se grisa de la musique des trompes, des aboiements des chiens, et crut bientôt se sentir emportée dans les espaces infinis par quelque monture fantastique.

Nous ne raconterons point par le menu la chasse où nous n'aurions à signaler aucun incident de quelque importance.

Elle fut très-belle, admirablement conduite et, commencée à neuf heures, elle se termina un peu avant midi par la mort du cerf qui, revenu presque à son point de départ, fit tête aux chiens dans un petit étang situé à deux kilomètres à peine du carrefour des Chevaliers. — Là M. de la Tour-du-Roy le servit d'un coup de carabine. — On hissa son corps à terre, tandis que les trompes sonnaient l'hallali.— L'un des piqueurs coupa le pied droit de l'animal, et le marquis s'inclinant devant Lazarine, selon l'antique usage de la vénerie française, comme devant la personne qu'il voulait particulièrement honorer, lui présenta ce pied.

La jeune fille l'accepta en rougissant beaucoup et Renée se mordit les lèvres jusqu'au sang, ainsi qu'elle l'avait déjà fait aux Vertes-Feuilles quand elle avait reconnu Norah.

On revint au carrefour.

Un grand fourgon et toute une escouade de cuisiniers et de marmitons avaient remplacé les hardes de chiens et les hommes d'équipage. — Toques et vestes blanches tranchaient gaiement sur la verdure en notes éclatantes.

Le déjeuner attendait les convives, et, si nous en donnions le plantureux menu, nos lecteurs auraient surabondamment la preuve que, bien que servi en pleine forêt, il offrait les recherches du sybaritisme le plus raffiné.

Tout le monde y fit grand honneur, sauf Renée qui mit sur le compte d'une migraine son manque absolu d'appétit.

Lazarine fut éblouissante, mais le prince de Castel-Vivant lui donna seul la réplique car M. de la Tour-du-Roy, absorbé dans sa passion comme un adolescent amoureux, ne possédait point, — tant s'en faut, — une complète liberté d'esprit.

XII

On quitta le carrefour des Chevaliers vers deux heures et l'on prit le chemin de l'habitation du marquis, située à huit ou neuf kilomètres du rendez-vous de chasse.

Nous savons déjà que le château de la Tour-du-Roy était une résidence dont les merveilles architecturales mériteraient assurément les honneurs d'une photographie minutieuse, mais il ne nous plaît point de nous attarder à de longues descriptions et nous nous contenterons d'un rapide croquis, indispensable d'ailleurs, car le château servira de théâtre à quelques-unes des scènes importantes de notre drame.

Une quadruple avenue de tilleuls séculaires, longue de plus d'un quart de lieue, partait de la route départementale et conduisait à une grille flanquée de deux pavillons ciselés comme des bijoux et servant de logis, celui de droite au concierge, celui de gauche au brigadier des gardes-chasse.

De l'autre côté de la grille, surmontée de l'écusson de la Tour-du-Roy, commençait une large allée sinueuse, courant à travers des prairies semées de bouquets d'arbres géants, et aboutissant à la cour d'honneur du château.

Quatre escaliers à l'italienne et à double rampe bordés de statues, accédaient à une large terrasse occupant toute la longueur de la façade et des deux ailes en retour. — Les portes-fenêtres du rez-de-chaussée s'ouvraient sur cette terrasse d'où le regard pouvait embrasser un panorama très-étendu et charmant de variété et de pittoresque.

Le château bâti sous Louis XIII offrait, ainsi que l'hôtel d'Orléans, un admirable spécimen du style le plus pur de l'époque.

Le vestibule immense, pavé de dalles de marbre alternativement blanches et noires comme les cases d'un damier, était tendu de tapisseries des Gobelins faites exprès pour la maison de la Tour-du-Roy. portant son blason dans leurs bordures, et données par Louis XIV à un ancêtre du marquis.

A gauche de ce vestibule se trouvait une salle à manger, comparable à celle du château de Maisons-Laffite et ornée de panneaux décoratifs dont les

travaux et les plaisirs des quatre saisons avaient
fourni les sujets allégoriques.

Une salle de billard, un fumoir, une bibliothèque
et une salle de spectacle, de dimensions restreintes
mais d'une incomparable coquetterie, suivaient la
salle à manger.

Quatre salons en enfilade, dignes des palais de
Versailles ou de Fontainebleau, constituaient dans la
partie droite du corps de logis principal les appartements de gala, et la nombreuse aristocratie de la
province pouvait, en s'y réunissant, y circuler à
l'aise.

Un escalier monumental mettait le rez-de-chaussée
en communication avec le premier et le deuxième
étages dont nous passerons sous silence l'aménagement. — Il nous suffira de dire que le château de la
Tour-du-Roy pouvait offrir, le cas échéant, une hospitalité complète à plus de soixante invités.

La seconde façade du château prenait jour sur le
parc, ce fameux parc de cinquante hectares enclos
de murailles et de sauts-de-loup, fertiles en chevreuils et en cerfs, et dont le vieux valet de chambre du marquis avait parlé au lieutenant Marcel
Laugier avec un si grand enthousiasme.

Sur la gauche et séparées du château par de larges
pelouses où les poulains de race pure et leurs mères
pâturaient et bondissaient en liberté, se voyaient les

écuries, moins grandioses mais non moins seigneuriales que celles de Chantilly.

Les remises, les selleries, les bâtiments d'élevage
munis de leurs boxs et de leurs paddocks et contigus
au champ d'entraînement, jouxtaient les écuries et
formaient comme une petite cité dans le parc.

Massées sous les fenêtres, ou s'arrondissant en
corbeilles au bord des pelouses, une prodigieuse
variété de plantes vertes, bégonias aux feuilles de
velours glacées d'argent, dracenas, phormiums tenax,
araucarias nains aux branches hérissées d'épines,
caladiriums, arums, cannas et cent autres, étalaient
les richesses de cette flore dont les millionnaires
seuls peuvent s'offrir la luxe charmant.

En mettant pied à terre près du double escalier
conduisant à la terrasse, Lazarine éprouva une émotion passagère mais profonde.

Cette jeune fille qui se croyait connaisseuse en
raffinements de haute vie n'avait rien rêvé de pareil
à ce château et à ce parc. — L'union d'une souve-
raine majesté avec une exquise élégance frappait
pour la première fois ses yeux surpris et sa pensée
ravie.

La grande existence des grands seigneurs était,
jusqu'à ce jour, restée pour elle lettre close.

En cette minute elle comprit instinctivement, ou
plutôt elle devina ce qu'elle ne soupçonnait même

pas. — Pendant quelques secondes Robert de la
Tour-du-Roy lui parut un peu plus qu'un homme.

Hâtons-nous d'ajouter qu'aucun signe extérieur
ne trahit ses pensées intimes, et que l'observateur le
plus perspicace n'aurait pu lire sur son visage ce qui
se passait dans son âme.

Le marquis proposa de conduire les jeunes filles
aux appartements où, après les fatigues de la chasse,
elles pourraient prendre quelque repos en attendant
l'heure du dîner.

Lazarine n'éprouvant aucune lassitude aurait
préféré visiter le château dans tous ses détails, mais
elle n'osa témoigner son désir, et comme ses sœurs
elle accepta l'offre de Robert.

L'appartement d'honneur avait été préparé pour
elle ; — il occupait, au premier étage, la partie cen-
trale du principal corps de logis et se composait d'une
chambre à coucher avec ses dépendances, d'un bou-
doir et d'un salon.

Les trois portes-fenêtres de ce salon commandaient
un balcon soutenu par des cariatides de grand style.

Restée seule, Lazarine alla s'accouder à la rampe
recouverte de velours du balcon.

De là elle dominait le parc immense avec ses futaies gigantesques, ses avenues seigneuriales, ses
lointains bleuâtres peuplés de statues, et ses lacs en
miniature où des flotilles de cygnes voguaient.

Pendant quelques minutes elle contempla ces magiques horizons, puis une rougeur ardente envahit son visage, elle releva la tête avec un mouvement d'indicible orgueil et ses lèvres balbutièrent :

— A moi tout cela !... Quel rêve !... Ah ! Renée, pauvre sœur, je comprends bien la jalousie que tu caches si mal, et je te la pardonne !...

Pendant que M. de la Tour-du-Roy procédait à l'installation de mesdemoiselles Leroux, l'ex-banquier se promenait avec le prince sur la terrasse du rez-de-chaussée.

Tous deux fumaient.

— Eh bien, mon vieux et cher camarade, — disait Godefroy de Castel-Vivant, — que pensez-vous de cette résidence ?...

— Elle est absolument princière et mérite sa réputation...

— Le marquis ne vous semble-t-il pas un parfait gentleman ?

— Il est de tout point ce que doit être un gentilhomme présenté par vous.

— Donc j'ai fait acte d'ami fidèle en vous forçant la main, en trouvant saugrenues vos idées de retraite et de solitude, et en vous contraignant à recevoir aux Vertes-Feuilles votre gendre futur...

Jules Leroux secoua la tête :

— Oh ! mon gendre... — murmura-t-il.

I.   11

— En doutez-vous encore? — demanda vivement
le prince.

— Certes, j'en doute...

— Et pourquoi?...

— Ce serait trop beau...

Godefroy, haussant les épaules, allait entamer
toute une série de raisonnements pour convaincre
son interlocuteur, —qui d'ailleurs ne demandait pas
mieux que d'être convaincu, — quand un valet de
chambre s'approcha respectueusement de lui et
murmura quelques mots à son oreille.

— C'est bien... — répliqua le prince, —j'y
vais...

Puis s'adressant à Jules Leroux dès que le valet de
chambre se fut éloigné, il ajouta :

— Le marquis me demande et je devine ce qu'il
me veut... — Pardonnez-moi de vous quitter... — Je
reviendrai avant cinq minutes et je ne serai pas
seul... — Recueillez-vous en m'attendant, mon excellent bon, et prenez votre physionomie la plus so-
lennellement paternelle, car il va se passer, tenez-
vous le pour dit, quelque chose de considérable...

Et le ci-devant jeune homme, tournant sur ses talons avec une agréable désinvolture, quitta l'ex-
banquier.

Robert de la Tour-du-Roy, très-agité, très-ému,
marchait fiévreusement dans le grand salon.

Le prince lui prit le bras en riant et voulut l'entraîner.

— Cher ami, — lui dit-il, — venez vite...

— Où me conduisez-vous? — demanda le marquis avec un semblant de résistance.

— Où vous voudriez être déjà... auprès de Jules Leroux... — L'heure de la demande est sonnée... — j'ai hâte d'en finir avec le rôle d'agent matrimonial que je me suis imposé par dévouement... — Venez donc...

— Un moment !... — répliqua Robert, — il faut attendre encore...

Godefroy regarda le marquis d'un air de stupeur comique.

— Attendre encore! — répéta-t-il. — Pourquoi? — Que signifie cela? — Vient-il de se passer quelque chose que j'ignore? — Y a-t-il anguille sous roche? — Ce grand amour qui vous consumait s'est-il éteint comme un feu de paille?...

— Vous blasphémez! — s'écria le marquis chaleureusement. — J'aime Lazarine plus que jamais! Je l'aime à en mourir si elle ne devait pas être ma femme! Je l'aimerai jusqu'à mon dernier souffle !...

— Eh ! bien alors, dépêchez-vous de la demander à son père...

— Ah ¡ je le voudrais, Dieu le sait ! Autant et plus

que vous, j'ai hâte d'en finir... Mais au dernier moment j'hésite... je tremble... j'ai peur...

— Peur!... que craignez-vous donc?

— Un refus...

Le prince haussa les épaules comme il avait fait
un instant auparavant avec Jules Leroux, mais d'une
façon bien autrement énergique.

— Ma parole d'honneur, cher marquis, — répliqua-
t-il, — l'amour vous détraque la cervelle et j'ai peine
à vous reconnaître! — Ma vieille amitié me donne le
droit de parler franc; permettez-moi de vous affirmer que vous devenez ridicule! — Tonne-Dieu! comme disait un de mes ancêtres, lorsqu'en un accès
de colère il éprouvait le besoin de jurer quelque peu,
Tonne-Dieu! vous vous diminuez à plaisir! — Entendre le marquis Robert déraisonner comme
vous faites, c'est humiliant, ma parole! — Faut-il
vous répéter de nouveau ce que je vous ai dit et re-
dit? — Certes mon ami Jules Leroux est un très-ga-
lant homme et sa débâcle même prouve sa loyauté;
certes sa fille Lazarine est une créature adorable et
vous avez raison de l'adorer!... Je ne songe point à
les amoindrir, mais vous êtes un la Tour-du-Roy,
que diable! vous êtes marquis! vous êtes six ou sept
fois millionnaire, et, malgré les quelques automnes
que vous avez peut-être de trop, vous faites à cette
jolie bourgeoise, en daignant par amour l'élever

jusqu'à vous, un honneur fabuleux, inouï, inespéré, dont la famille entière doit vous remercier à genoux ! Est-ce entendu? est-ce compris? et cessons-nous de déraisonner?

— Ainsi, — balbutia Robert, — selon vous, je n'ai rien à craindre ?

— Non ! non ! non !... cent fois non !...

— Et ma demande sera bien accueillie?

— Oui ! oui ! oui !... Mille fois oui !...

— Vous me donnez un peu de courage !... — Allons parler au père.

— A la bonne heure !

— Mais ne me quittez pas...

— Soyez tranquille et comptez sur moi, vieil enfant !...

Le prince reprit le bras du marquis et l'entraîna vers la terrasse, mais cette fois sans rencontrer la moindre résistance.

Jules Leroux qui continuait à se promener de long en large les vit s'approcher, et comprenant que le moment décisif était venu, jeta son cigare et s'arrêta pour les attendre.

XIII

Au temps de sa jeunesse et de son âge mûr le marquis Robert de la Tour-du-Roy avait obtenu dans le monde patricien de nombreux et brillants succès.

Assez souvent en outre il s'était manifesté sous forme de pluie d'or chez les Danaés à la mode, que ses millions et sa libéralité fascinaient absolument.

Mais ni les grandes dames, ni les courtisanes n'avaient réussi à toucher son cœur d'une façon sérieuse et durable. — Entraînements des sens où l'amour-propre remplaçait l'amour, caprices et fantaisies d'une semaine ou d'une heure, formaient le bilan de ses aventures galantes. — Il niait volontiers la passion, ne l'ayant jamais éprouvée.

Et voilà qu'à soixante-cinq ans, pour la première

fois de sa vie, il se sentait pris ! — Pour la première
fois il aimait !...

Ce tardif début dans l'amour explique surabondamment la timidité soudaine d'un homme à qui sa
haute situation et ses mœurs aristocratiques donnaient d'habitude un aplomb et une assurance aussi
légitimes que naturels.

En vain le prince, beaucoup plus pratique et voyant
les choses avec son scepticisme de roué émérite, lui
répétait que son grand nom et sa grande fortune
rendaient la réussite certaine ; — il s'obstinait à se
persuader que l'énorme différence d'âge creusait
entre Lazarine et lui un abîme presque infranchis-
sable.

Aussi, tout en suivant M. de Castel-Vivant qui
l'entraînait, il ralentissait le pas à mesure qu'il se
rapprochait de Jules Leroux.

La distance cependant fut franchie et le marquis
s'arrêta, aussi agité, aussi troublé que peut l'être une
vierge à l'heure du premier rendez-vous.

L'ex-banquier sourit malgré lui en voyant ce sexa-
génaire immobile, hésitant, les yeux baissés.

Le prince se mordait les lèvres et frappait du bout
du pied les dalles de la terrasse, avec autant d'ironie
que d'impatience.

Le silence s'établit.

— Le diable emporte cet absurde amoureux ! —

pensa Godefroy. — Nous n'en finirons jamais, si je
ne m'en mêle... Il faut que je parle pour lui...

Et tout haut, s'adressant à Jules Leroux :

— Mon cher et vieux camarade, — dit-il, — le marquis de la Tour-du-Roy, notre hôte et notre ami
commun, a une requête à vous présenter, mais cette
requête est pour lui de si grande importance que
vous le voyez très-ému... — Encouragez-le, je vous
prie...

— Et comment monsieur le marquis a-t-il besoin
d'être encouragé ? — répliqua le ci-devant millionnaire, — n'est-il pas sûr d'avance du succès de sa
requête, quelle qu'elle soit, si ce succès dépend de
moi seul ?...

— Courage donc ! — murmura Godefroy à l'oreille
de Robert. — A la baïonnette, vertudieu !...

Il était impossible de reculer plus longtemps.

Le marquis de la Tour-du-Roy le comprit, et
levant les yeux sur le père de Lazarine il balbutia :

— Merci mille fois, cher monsieur Leroux, de
l'assurance sympathique que vous voulez bien me
donner... J'en suis touché jusqu'au fond du cœur...
Malheureusement le succès de ma requête ne dépend
pas uniquement de vous...

— Soit ; mais enfin, puisque vous vous adressez à
moi, c'est que j'y puis quelque chose...

— Vous y pouvez beaucoup...

— Parlez alors, car il m'est impossible de deviner où vous voulez en venir, et je vous affirme que vous m'intriguez beaucoup.

M. de la Tour-du-Roy ressentit en ce moment quelque chose de pareil à ce que doit éprouver le marin prêt à mettre le feu aux poudres du navire dont le pont tremble sous ses pieds ; mais sans hésiter cependant, sans balbutier, sans s'arrêter, il poursuivit :

— J'aime de toutes les forces de mon âme mademoiselle Lazarine, et je vous prie de me faire l'honneur de m'accorder sa main...

Jules Leroux se montra comédien de premier ordre et joua merveilleusement son rôle.

— Vous aimez Lazarine, monsieur le marquis!... — s'écria-t-il.

— Je l'aime éperdûment ! je l'aime à en mourir !...

— Qui s'en serait douté?... Moi qui ne voyais rien ! Je vous entends et j'ai peine à vous croire !... Quand donc a commencé cet amour?...

— Le jour où, pour la première fois, j'ai rencontré sous bois l'adorable amazone... Un seul regard m'a fait son esclave... Mais vous ne me répondez pas...

L'ex-banquier prit une physionomie tout à la fois superlativement bienveillante et suffisamment solennelle.

— C'est chose malaisée, — répliqua-t-il, — de ré-

11.

pondre d'une façon si brusque à une requête qu'on
était si loin d'attendre...— Je puis néanmoins et je
dois vous dire à l'instant, monsieur le marquis,
combien je suis fier et touché d'une demande qui,
venant de vous, est un très-grand honneur pour ma
fille et pour moi.

— L'accueillez-vous, cette demande? — reprit
M. de la Tour-du-Roy avec angoisse, car il tremblait
de découvrir, sous les phrases entortillées du banquier, une sorte de fin de non-recevoir.

— Ici commence mon embarras, — répliqua Jules
Leroux, — vous l'avez dit vous-même tout à l'heure,
monsieur le marquis, la solution souhaitée ne dépend pas de moi seul. — Avec vous je serai net et
carré... — De ma part vous n'avez nulle opposition à
craindre... — Je vois en vous le gendre idéal, car
avec vous Lazarine serait heureuse, j'en ai la conviction... — Donc je vous la donnerais les yeux fermés,
des deux mains et de tout mon cœur, mais je ne
ferais rien et je ne dirais pas un mot pour contraindre
sa volonté, si cette volonté se trouvait en désaccord
avec la mienne... — Ma situation vis-à-vis de mes
filles est particulière et très-délicate... — Mauvaise
chance ou maladresse, j'ai ruiné les pauvres enfants.
— Elles sont, hélas! par ma faute, dépouillées d'une
fortune considérable sur laquelle elles avaient le droit
de compter... — C'est bien le moins qu'elles restent

absolument libres de disposer de leur personne à
leur guise et de choisir le compagnon de leur vie.

— Mais, — demanda Robert de la Tour-du-Roy
d'une voix étranglée, — existe-t-il, à votre connaissance, quelque engagement sérieux pris par mademoiselle Lazarine?

— Aucun.

— Croyez-vous que son cœur soit libre?...

— J'oserais l'affirmer... — Il l'était à coup sûr
quand nous avons quitté Paris, et, depuis que nous
habitons les Vertes-Feuilles, nous ne voyons personne...

— Croyez-vous, — reprit le marquis d'une voix de
plus en plus agitée, — croyez-vous, son cœur étant
libre, qu'elle accepterait sans épouvante l'idée de
devenir ma femme?...

— Comment répondre d'une tête de jeune fille?...

— Voyez-vous quelque obstacle?

— Un seul.

— Mon âge, n'est-ce pas?

— Oui, votre âge... — il me paraît une garantie
de bonheur pour celle que vous aimez, mais, se pla-
çant à un point de vue différent du mien, Lazarine
peut ne pas penser de même...

— Et cet obstacle vous semble-t-il insurmontable?... — balbutia Robert dont le cœur cessa de
battre.

— Non certes ! je pense au contraire que vous avez le droit d'espérer...

— Dieu veuille que vous ne vous trompiez pas ! — Rester dans une pareille angoisse, vous le comprenez bien, est au-dessus des forces humaines ! — Prenez pitié de ma faiblesse... Parlez à mademoiselle Lazarine, parlez-lui sans retard, et revenez m'apprendre si je puis rêver le ciel, ou si tout est fini pour moi...

— Je suis à vos ordres, mon cher marquis, — répondit Jules Leroux en souriant, — mais si vous voulez accepter un bon conseil, il y a mieux à faire...

— Quoi donc ?

— Parlez vous-même à Lazarine...

M. de la Tour-du-Roy tressaillit.

— Lui parler !... répéta-t-il avec une sorte d'effarement, — lui parler, moi !... lui dire que je l'aime et lui demander de m'appartenir !... — Y songez-vous ?... Je n'oserai jamais...

Ici Godefroy de Castel-Vivant intervint.

Les lenteurs du dialogue que nous venons de sténographier l'énervaient depuis cinq minutes.

— Il le faut cependant, mon bon Robert, — répliqua-t-il en haussant un peu les épaules, — il le faut absolument !... — Vous doublerez vos chances en plaidant vous-même votre cause...

— Vrai ?

— Ma parole d'honneur...

— Mais je plaiderai mal, étant si fort troublé...

— Tant mieux... — Rien ne surpasse l'éloquence d'un trouble amoureux bien visible... il va tout droit au cœur d'une femme, tandis que les plus beaux discours ne s'adressent qu'à son esprit.

— Soit... — Je parlerai donc... mais plus tard... Ce soir ou demain...

— Oh! que non pas! Partie remise est à moitié perdue... — Vous parlerez tout de suite, c'est moi qui vous le dis!

— Mais...

— Il n'y a pas de mais... — Venez!

Et le prince, reprenant le bras du marquis, l'entraîna vers le château, comme un quart d'heure auparavant il l'avait entraîné vers la terrasse.

M. de la Tour-du-Roy se laissa docilement conduire.

Jules Leroux resté seul sourit et se frotta les mains en regardant les deux hommes s'éloigner.

— Je commence à croire, — murmura-t-il, — que Godefroy ne se trompait pas.

Le prince, traînant le marquis à sa remorque, gravit rapidement les marches de l'escalier monumental qui conduisait au premier étage, et, sans laisser son compagnon une minute de répit, il ouvrit la porte du salon où nous avons laissé Lazarine.

La jeune fille, toujours accoudée sur le balcon, à la

balustrade recouverte de velours, s'abandonnait à ces rêves de grandeur et de richesse où se plaisait sa nature ambitieuse.

Le bruit à peine distinct de la porte tournant sur ses gonds ne frappa point son oreille inattentive. — Elle ne fit pas un mouvement et conserva la même attitude.

La ligne fluide de ses épaules, la silhouette élégante de sa taille, se dessinaient en vigueur sur le ciel éclatant.

Elle avait ôté son chapeau d'homme garni d'un voile vert, et les ondes épaisses de sa chevelure couleur de feu ruisselaient jusqu'à ses hanches.

— Vertudieu ! je comprends la folie de Robert... — se dit M. de Castel-Vivant ; — le charme diabolique de cette petite sorcière rousse suffirait à tourner une tête plus solide que celle de mon noble ami !...

Et après ce court monologue il poursuivit à demi voix :

— Vous voilà dans la place, en présence de l'objet aimé, et avant un quart d'heure, pour peu que vous sachiez vous y prendre, il y aura promesse de mariage entre haut et puissant seigneur Robert, marquis de la Tour-du-Roy, et séduisante roturière demoiselle Lazarine Leroux...

Ayant ainsi parlé il poussa le marquis dans le salon, referma doucement la porte derrière lui, et se retira sur la pointe du pied afin de ne pas troubler par sa présence un tête-à-tête décisif.

Pendant deux ou trois secondes M. de la Tour-du-Roy, que paralysait de nouveau son intempestive timidité, hésita, prêt à battre en retraite, mais la crainte du ridicule lui rendit une faible dose d'énergie, et lentement il se dirigea vers le balcon.

Il avait conservé le costume de chasse qu'il portait depuis le matin et qui lui seyait à merveille : l'habit rouge, la culotte blanche et les hautes bottes molles éperonnées d'argent.

L'épaisseur du tapis assourdissait le bruit de sa marche, mais Lazarine entendit le faible cliquetis métallique produit par les molettes des éperons, et se retourna d'un mouvement brusque.

En voyant à l'improviste, à quelques pas d'elle, M. de la Tour-du-Roy auquel nous savons qu'elle pensait, en devinant avec son instinct de femme le but de sa présence, la jeune fille sentit un flot de sang lui monter au visage et ses longues paupières s'abaissèrent sur ses prunelles pour en voiler les flammes passagères.

— Il m'apporte les millions et le titre convoité ! — pensa-t-elle. — Mon rêve se réalise enfin !

Malgré ses dix-huit ans à peine sonnés Lazarine était trop forte déjà pour ne pas savoir cacher ses impressions les plus vives.

Sa rougeur s'éteignit; son radieux visage reprit l'expression insouciante et un peu hautaine qui lui était habituelle. — Elle ébaucha une révérence de la bonne école et sourit à M. de la Tour-du-Roy.

XIV

— Partout ailleurs, monsieur le marquis, — murmura la jeune fille en souriant toujours, — partout
ailleurs je vous dirais : — Soyez le bienvenu!...

— Ne le suis-je donc point ici? — demanda Robert,
surpris de cette phrase ambiguë.

— Vous l'êtes assurément ici comme en tout autre
lieu, mais ce n'est pas à moi, vous en conviendrez,
qu'il appartient de vous faire les honneurs de votre
château...

Lazarine, se retournant à demi vers le balcon
qu'elle venait de quitter, désigna du geste les som-
mets des futaies moutonnant à l'horizon comme une
mer de verdure, et poursuivit :

— Vous venez de le voir, je contemplais vos domaines et mon admiration ne pouvait se lasser... —
Que c'est grand! que c'est beau!... — Je ne croyais

pas qu'il fût possible d'unir tant de gracieuse fraîcheur à tant de sévère majesté!...

— Alors, — s'écria le marquis avec une immense joie, — le château de la Tour-du-Roy a l'honneur de vous plaire?...

— Oh!... certes!... plus que tout au monde... — C'est le paradis sur la terre...

— Vous n'avez qu'à vouloir... — balbutia le gentilhomme. — Daignez y consentir, et vous serez dame et maîtresse de ce qui vous semble un paradis...

Lazarine attacha sur son interlocuteur le calme et ferme regard de ses grands yeux.

— Je ne comprends pas du tout... — fit-elle. — Expliquez-moi cette énigme, monsieur le marquis, je vous en prie...

Ainsi mis en demeure de parler, Robert de la Tour-du-Roy devint un peu pâle, mais il éperonna son courage et il répliqua, d'une voix qu'il tâchait vainement de rendre ferme :

— Ce que vous voulez savoir, mademoiselle, je l'ai dit tout à l'heure à votre père... C'est donc avec son aveu, — j'ai le droit d'ajouter, c'est sous ses auspices — que je vais vous le répéter... — Ne me raillez pas quand vous m'aurez entendu, je vous en supplie!... Si vous trouvez que je suis insensé, soyez miséricordieuse à ma folie!... Songez que vous tenez ma vie entière entre vos mains d'enfant... — Suis-je coupable de n'avoir pu résister au charme victorieux qui rayonne autour de vous et ferait palpiter le marbre des statues?... — Ah! si j'avais vingt années de moins, je trouverais des paroles éloquentes pour vous peindre ce qui se passe en moi, pour vous toucher, pour vous attendrir... — Hélas! il a neigé sur mes cheveux, et mon âge m'impose la simplicité... C'est donc simplement que je vous dis : — Lazarine, je vous aime... je vous aime de toutes les forces de mon cœur resté jeune... — J'ai fait ce rêve ambitieux de vous nommer marquise de la Tour-du-Roy... — Vous êtes la plus adorée des femmes, comme vous en êtes la plus belle, et j'ai la certitude que vous en serez la plus heureuse si vous consentez à porter mon nom... — Consentez-vous?... — J'attends mon arrêt...

En disant ce qui précède avec un accent tour à tour suppliant et passionné, le vieux gentilhomme avait plié le genou devant la jeune fille, et son grand air, sa dignité naturelle, l'évidente sincérité de son immense amour, sauvaient le ridicule d'une posture qui, chez plus d'un jouvenceau, aurait paru grotesque.

— Monsieur le marquis, — murmura Lazarine, — je vous en conjure, relevez-vous...

— Pas avant que vous m'ayez répondu...

— Mais, c'est me contraindre...

— Je le sais... et pardonnez-moi cette contrainte!...

— le courage et la force me manquent pour subir, ne

fut-ce qu'une minute de plus, le supplice de l'incerti-
tude... — Ainsi, par pitié, répondez-moi...

Lazarine recula d'un pas et ses yeux s'arrêtèrent
avec une sorte de complaisance sur ce grand et beau
vieillard, sur ce fier gentilhomme presque agenouillé
devant elle comme un esclave devant une reine, et
lui tendant ses mains suppliantes en signe de servage
absolu.

N'était-elle pas reine en effet? — reine de beauté...
— et ne pouvait-elle pas anéantir d'un mot celui qui
la conjurait d'accepter un titre — et des millions?...

— L'expérience des choses de la vie me fait défaut
sur bien des points, — dit-elle au bout de deux ou
trois secondes, — cependant, je ne l'ignore pas, l'entretien qui s'engage entre nous choque les usages
reçus et rompt en visière aux convenances... La réponse que vous exigez de moi, monsieur le marquis,
c'est de la bouche de mon père que vous auriez dû
l'entendre... La volonté paternelle et votre bouillante
impatience en ont décidé autrement. — Je ne suis,
grâce à Dieu, ni coquette, ni prude... Je ne vous ferai
donc pas languir... — Vous m'avez loyalement ouvert
votre cœur, je vous laisserai lire dans le mien avec
une loyauté pareille...

Lazarine s'interrompit et sembla chercher quelle
forme elle donnerait à sa pensée.

M. de la Tour-du-Roy ne respirait plus ; — le

premier mot tombé de ces lèvres pour pres allait-il lui causer une joie surhumaine ou un incurable désespoir ?

La jeune fille reprit, avec un sourire qui semblait involontaire :

— Je n'ai jusqu'à présent que des notions fort vagues à l'endroit de ce sentiment qu'on appelle l'amour, et qui joue un rôle si ample dans les romans et dans les romances... — Je connais de réputation seulement ces fièvres, ces frissons, ces délires qui sont, paraît-il, les symptômes de la passion... — Je n'éprouve en votre présence, monsieur le marquis, ni trouble langoureux, ni vive émotion ; il est donc vraisemblable que vous ne m'inspirez point du tout ce dévorant amour si bien décrit par les bons auteurs...

— Ah ! — balbutia Robert, sur qui chaque parole tombait comme une goutte d'eau glacée, — je le comprends trop bien... vous ressentez pour moi l'indifférence la plus profonde !..

— Où prenez-vous cela ? — répliqua vivement Lazarine. — Pourquoi m'accusez-vous d'indifférence quand je n'ai parlé de rien de pareil ?... — J'aurais cru que m'aimant, comme vous dites m'aimer, vous liriez mieux dans ma pensée... — Je ressens pour vous, monsieur le marquis, une grande admiration, un respect sans bornes, une immense sympathie

qui peut se changer bien vite en affection sérieuse...
— Si ce n'est de l'amour, cela ne vaut-il pas autant,
et mieux peut-être ? — Votre recherche est un
honneur dont toute jeune fille serait orgueilleuse et
dont vous me voyez fière et reconnaissante... — Enfin je crois très-fermement que la marquise de la
Tour-du-Roy sera heureuse entre toutes les femmes...

Lazarine s'interrompit de nouveau.

Robert était haletant.

— Et ce bonheur, — s'écria-t-il, — le repoussez-
vous ?

— Non, — répliqua mademoiselle Leroux avec
un enivrant sourire. — Il faudrait être ingrate ou folle
pour le repousser... Je l'accepte... et si votre bonheur
dépend de moi, comme vous le dites, j'espère que
vous serez heureux...

Robert se releva avec l'impétuosité d'un jeune
homme et, saisissant les deux mains que Lazarine
lui abandonna gracieusement, il les pressa contre
ses lèvres et contre son cœur; il les couvrit de
baisers et de larmes de joie, anéanti par l'intensité
de ses transports au point de ne pas trouver une
parole à prononcer.

La fille aînée de l'ex-banquier, elle aussi, semblait
émue, mais elle ne l'était qu'à la surface; elle conservait son sang-froid intact et, spectatrice impas-

sible de l'ivresse amoureuse du gentilhomme, elle se
disait tout bas :

— En vérité, ce vieillard est un enfant!... il sera
trop facile de le dominer absolument, et je ferai de
lui sans peine ce qu'il me plaira d'en faire... — Ah!
je suis née sous une étoile heureuse et je vais à ma
guise pouvoir arranger ma vie ! — Chaque année, pendant six mois, je goûterai les splendeurs de la grande
vie de château, et le reste du temps j'étonnerai Paris
par mon luxe... — Ce sera bien là l'existence ample
et raffinée que je comprenais... — Il n'y a qu'une
ombre au tableau... — un vieux mari!... — Mais en
somme, qu'importe?... — Quand le veuvage me rendra la liberté, je serai marquise, millionnaire, encore
jeune et toujours belle... — Un second mariage
doublera ma fortune, si je le veux, et m'apportera
peut-être l'amour... — Ah! que Renée sera jalouse!...

. . . .

M. de la Tour-du-Roy avait hâte d'annoncer son
bonheur à Jules Leroux et à Godefroy de Castel-
Vivant.

— Ne parlez de rien à mes sœurs, je vous en prie,
— lui dit Lazarine au moment où il la quittait, — et
recommandez la même discrétion à mon père et au
prince... Je veux jouir de la surprise de Renée et de
Jeanne quand elles apprendront à l'improviste que
notre mariage est décidé...

Robert promit tout ce que voulut la future marquise, et la jeune fille après son départ, au lieu de s'enfermer chez elle, se mit en devoir d'explorer le château, étudiant les moindres détails de son aménagement et de son ameublement avec cet intérêt profond qu'inspirent les choses convoitées, lorsqu'on a la certitude de posséder bientôt ces choses.

Elle se grisa de luxe; elle se donna des éblouissements de magnificence; tout lui parut harmonieux, parfait, irréprochable, à l'exception de certaine galerie qui mettait les appartements de réception du rez-de-chaussée en communication avec les arceaux vitrés d'un vaste jardin d'hiver de construction récente.

Cette galerie, d'une grande élégance architecturale, était inachevée au point de vue décoratif. — Sculptures et marbres se trouvaient en place, mais une douzaine de panneaux et de médaillons, ménagés dans les boiseries, attendaient les pinceaux de l'artiste et tranchaient vivement par leur nudité grise sur un entourage touffu et coloré.

— Il faudra terminer cela bien vite... — pensa Lazarine. — Comment M. de la Tour-du-Roy, qui est assurément un homme de goût, pouvait-il tolérer une tache si déplaisante dans un ensemble si parfait?

Quand arriva l'heure du dîner on eut quelque peine à trouver la jeune fille.

Après avoir inventorié les richesses mobilières et artistiques du logis seigneurial, et visité longuement les écuries, les selleries et les remises, la future châtelaine s'était égarée sous les ombrages séculaires du parc immense, et là, faisant tout éveillée des rêves radieux, elle avait perdu la notion du temps.

Ce fut le marquis lui-même qui la découvrit, assise et absorbée sur un banc rustique au fond du parc, et qui lui donna le bras pour la ramener au château et la conduire à la salle à manger.

Renée haussant les épaules dit au prince, à demi voix, que, réelles ou supposées, les distractions de sa sœur lui paraissaient du plus mauvais goût.

Lazarine entendit ou devina et ne répondit que par un sourire moqueur.

M. de Castel-Vivant, en profond diplomate qu'il était, se contenta de hocher la tête d'une façon qui, ne signifiant absolument rien, pouvait se traduire au gré de chacun.

M. de la Tour-du-Roy plaça Renée à sa droite, Jeanne à sa gauche et Lazarine en face de lui, arrangement qui causa quelque surprise et la contrariété la plus vive à la seconde fille de Jules Leroux.

— En vérité, c'est absurde et c'est ridicule! — pensa-t-elle. — On traite ici cette poseuse en maîtresse de maison!... à quel propos et à quel titre?

Le marquis et ses hôtes se trouvaient largement

I.   12

espacés autour de la table servie avec un luxe quasi royal.

Un maître d'hôtel en tenue de ministre et six valets en livrée de gala peuplaient à peine l'énorme salle à manger où pouvaient s'asseoir quatre-vingts convives.

Godefroy de Castel-Vivant était assis à la droite de Lazarine, et seuls ils animèrent le repas, qui sans eux eût été sinon triste du moins singulièrement monotone.

Le maître du logis s'isolant dans sa joie de vieillard amoureux, dévorait du regard sa fiancée et parlait à peine.

Renée, maussade, ne disait mot.

L'extrême jeunesse de Jeanne lui faisait une loi d'un mutisme presque absolu.

Enfin Jules Leroux se taisait aussi, calculant la somme de liberté qu'allait lui rendre le mariage de Lazarine, et s'avouant avec complaisance que le jour où des maris désintéressés comme le marquis se présenteraient pour le débarrasser de ses deux autres filles, il rentrerait en possession d'une indépendance suffisamment ruolzée pour être fort acceptable.

Un peu avant la fin du dîner, au moment où le dessert venait de remplacer le dernier service, M. de Castel-Vivant se pencha vers Lazarine et murmura quelques mots à son oreille.

La jeune fille sourit à demi, devint toute rose, et répondit par un signe affirmatif.

Chacun des convives avait devant lui une demi-douzaine de verres de dimensions différentes, aux armes du marquis, et d'un cristal si pur et si transparent qu'ils ne projetaient aucune ombre sur la nappe.

Godefroy prit l'un de ses verres, — un cornet en forme de tulipe, — rempli de vin de Champagne frappé, et il dit :

— Quoiqu'on ne puisse m'accuser d'une anglomanie exagérée, j'estime que certains usages de nos voisins d'outre-Manche ont du bon, et je demande la permission de porter un toast...

Un murmure poli, exprimant la plus complète adhésion, accueillit la requête du prince.

M. de Castel-Vivant souleva son verre et poursuivit :

— Je bois à la jeune reine de grâce et de beauté qui sera, dans bien peu de jours, marquise de la Tour-du-Roy !...

— Prince, — répondit Lazarine en souriant victorieusement, — la future marquise de la Tour-du-Roy vous remercie de tout son cœur...

Jeanne, étonnée mais joyeuse, frappa ses petites mains l'une contre l'autre et courut embrasser sa sœur.

Renée devint pâle comme une morte, et tressaillit si violemment que le verre mousseline s'échappa de sa main et se brisa en tombant sur la nappe.

XV

Lazarine feignit de ne point comprendre ce qui se passait dans l'âme envieuse de sa sœur.

Elle se leva vivement et, jouant à merveille l'inquiétude, elle s'écria :

— Renée, chère Renée, qu'as-tu donc? on croirait que tu vas te trouver mal...

La seconde fille de Jules Leroux paraissait en effet au moment de défaillir.

Elle fit sur elle-même un héroïque effort et répondit d'une voix altérée, avec un sourire contraint :

— Ce n'est rien... c'est la surprise... je n'ai pas été maîtresse de moi en apprenant à l'improviste le grand bonheur dont je te sais si digne... — J'y prends part de toute mon âme... Tu en es sûre... tu n'en doutes pas...

— Je connais trop bien ton affection pour douter de toi... — répliqua Lazarine. — Merci, chère sœur... Ma reconnaissance est aussi sincère que ta joie...

Et elle appuya ses lèvres sur le front de Renée.

M. de la Tour-du-Roy vit dans cette petite scène la preuve sans réplique de la tendresse profonde qu'éprouvaient l'une pour l'autre les filles de l'ex-banquier, et véritablement il ne pouvait y voir autre chose.

Le fait est que Renée souffrait beaucoup.

La jalousie lui rongeait le cœur comme le vautour mythologique déchirait les entrailles de Prométhée.

La certitude que Lazarine, — dont nous savons qu'elle refusait absolument de reconnaître la supériorité, — allait avoir une haute situation dans le monde, une grande fortune, un luxe éblouissant, tandis qu'elle-même resterait la fille sans dot d'un banquier décavé, et attendrait du hasard seul l'arrivée d'un mari problématique, — cette certitude l'affolait, et à la minute précise où les lèvres de son aînée lui touchaient le front, son être tout entier tressaillait de haine.

Elle répondit aux baisers de Lazarine par une étreinte qui semblait affectueuse, mais en pressant sa sœur contre sa poitrine elle pensait :

— Si je pouvais l'étouffer en l'embrassant, comme l'embrasserais de bon cœur !...

12.

. . . .

Il ne restait plus qu'à fixer l'époque du mariage.

M. de la Tour-du-Roy, dans sa fébrile hâte de vieillard éperdûment épris, — (et les vieillards sont les plus impatients de tous les amoureux, ce qui est logique car ils sentent que le temps va leur manquer) — voulait être heureux à bref délai.

De son côté Lazarine avait hâte de matérialiser son rêve et de prendre possession de l'avenir.

En conséquence il fut convenu que trois semaines plus tard, jour pour jour, les futurs époux recevraient sans aucune pompe la bénédiction nuptiale dans la petite église du hameau des Vertes-Feuilles, et qu'aussitôt après la cérémonie ils s'installeraient à la Tour-du-Roy, où Jules Leroux et ses deux autres filles viendraient passer quinze jours auprès d'eux.

Le marquis n'admettait point la pensée d'enlever sa femme en sortant de l'église, selon la mode actuelle, pour un voyage plus ou moins long, de promener sa lune de miel en chemin de fer, ou de l'installer dans des chambres d'auberge.

Fier de l'incomparable beauté de Lazarine il voulait étaler son bonheur à tous les regards, faire des envieux, donner au château des fêtes splendides et présenter la jeune marquise à l'aristocratie de la province réunie chez lui.

Les trois semaines devaient être bien remplies.

Il fallait s'occuper des merveilles de la corbeille de noces et songer au contrat.

Le notaire du marquis habitant Orléans, la rédaction de l'acte ne nécessiterait aucun déplacement, mais la corbeille exigeait d'une façon impérieuse un voyage à Paris.

Or, Robert ne pouvait se décider à s'éloigner de Lazarine, ne fût-ce que pour quelques jours.

Heureusement le prince était là, tout prêt à le tirer de peine ; il proposa de partir à la place de son ami et de mener à bien, avec son tact d'homme du monde et son expérience de connaisseur émérite, les emplettes indispensables.

Le marquis accepta cette offre avec une effusion de reconnaissance et Godefroy se mit en route, emportant une lettre de crédit illimité sur le banquier de son hôte, et tout un colis de bijoux de famille dont il fallait rajeunir les montures.

Pendant l'absence de son complaisant fondé de pouvoirs, M. de la Tour-du-Roy ne quitta guère les Vertes-Feuilles.

Il y venait dès le matin pour déjeuner. — Il ne s'en éloignait que le soir après dîner, le plus tard possible.

Lorsque le ciel douteux ne permettait point la promenade, il s'installait avec sa fiancée dans le salon aux meubles de cretonne, et ils passaient le temps en d'interminables causeries, grâce auxquelles l'adroite

jeune fille affermissait de plus en plus son empire
sur le vieillard.

Quant au contraire le soleil tiède brillait dans un
firmament pur, Lazarine montait sa chère jument
Norah, et sous l'escorte du marquis faisait des excur-
sions de cinq ou six heures.

Invariablement Robert demandait à Renée, au moment du départ :

— Nous accompagnerez-vous aujourd'hui, chère
sœur ?

Et non moins invariablement Renée répondait :

— Permettez-moi de rester au logis... Je suis un
peu souffrante... J'espère demain prendre ma revanche...

M. de la Tour-du-Roy témoignait un regret poli,
mais dépourvu de sincérité, car au fond il était joyeux
que la présence importune d'un tiers ne vînt point
troubler son tête-à-tête avec son idole.

Pour sauvegarder toutes les convenances deux
grooms suivaient, à soixante pas en arrière.

Lazarine adorait les allures rapides. — C'est assez
dire que l'amazone et son cavalier, courant pendant
des après-midi entières au trot ou au galop de leurs
chevaux de race, parcouraient de grands espaces.

Chemin faisant la jeune fille questionnait le marquis au sujet des habitations patriciennes qui s'offraient à son attention.

Et presque toujours M. de la Tour-de-Roy, après avoir nommé les maîtres des domaines et donné sur leur famille les détails qui pouvaient intéresser Lazarine, ne manquait point d'ajouter :

— Je vous les présenterai bientôt, car je compte les inviter aux fêtes qui suivront notre mariage.

Un jour, — à six ou sept lieues des Vertes-Feuilles, — le gentilhomme et la jeune fille, au sortir d'un bois très-touffu qu'ils venaient de traverser pour la première fois, atteignirent le plateau d'une colline élevée d'où la vue plongeait sur une vaste étendue de pays.

Là ils s'arrêtèrent.

Le regard de Lazarine fut vivement sollicité par les masses architecturales d'un château du temps de Henri III, situé à gauche de la route, au milieu d'un parc immense dont sa haute toiture bleuâtre et les clochetons aigus de ses tourelles dominaient les futaies d'un vert sombre.

Une longue avenue de châtaigniers trois fois séculaires conduisait à la grille dont un coup de soleil faisait brasiller les dorures.

La jeune fille questionna.

— Qu'est-ce que cette habitation ? — fit-elle.

— Le château de Gordes... — répondit Robert.

— De loin, il paraît très-beau.

— Il est très-beau de loin et non moins beau de

près...— C'est un manoir historique d'une rare magnificence...

— Est-il comparable à la Tour-du-Roy?

— Sans contredit. — Les archéologues s'accordent
à reconnaître que Gordes et la Tour-du-Roy sont les
deux plus remarquables habitations du Loiret.

— A qui appartient ce château?

— Au comte de Gordes.

— Un de vos amis?

—Mon ami, dans ce sens que j'éprouve pour lui
une sympathie vive et sérieuse, mais la différence
d'âge est grande entre nous.

— C'est donc un tout jeune homme, ce comte?

— Il a vingt-huit ans à peine.

— Marié?

— Non.

— Riche?

— On évalue sa fortune à huit ou neuf millions.

— Vous l'inviterez sans doute à la Tour-du-Roy?

— Je l'inviterais certainement, et je serais heureux de vous le présenter car c'est un gentleman accompli, mais il existe un obstacle insurmontable...

— Lequel?

— Raoul de Gordes a quitté le pays depuis deux
ans, et Dieu sait s'il y reviendra jamais...

—Où donc est-il?

—Personne ne pourrait le dire d'une façon bien

positive; mais des touristes dont le témoignage est digne de foi m'ont affirmé l'avoir rencontré en Italie dans une grande ville, Naples ou Venise... — Il paraissait les éviter et peut-être ont-ils été dupes d'une ressemblance.....

— A quel propos cet apparent mystère ? — Le comte de Gordes se cache donc ?

— Il ne se cache point, il s'isole...

— Pourquoi ?

— Pour le même motif qui l'a poussé à s'expatrier.

— Et, ce motif ?

— Une aventure romanesque...

— Vous allez me la raconter, n'est-ce pas ?

— Ah ! non, par exemple ! aujourd'hui ne me demandez point cela. — Quand nous serons mariés, à la bonne heure...

— Si je vous priais bien, cependant ?

— Je serais inflexible...

— Vous redoublez ma curiosité, savez-vous ! vous la décuplez ! vous la centuplez ! serez-vous assez cruel pour refuser de la satisfaire ?

— Oui certes ! l'aventure en question n'est point faite pour les oreilles d'une jeune fille.

— Eh ! cher marquis, je suis presque une femme, puisqu'avant huit jours je serai la vôtre...

— Eh bien, chère Lazarine adorée, attendez huit jours, — répliqua Robert en riant...

— Je n'en aurais pas le courage, et je vous défie,
vous, d'avoir celui de me faire impitoyablement languir...— Si vous me désobéissez avant le mariage,
qu'adviendra-t-il après ? Rien que d'y penser je fris-
sonne... — Si vous m'aimez comme vous le dites, et
comme je suis heureuse de le croire, prouvez-le par
votre faiblesse... — Je vous en prie, je vous en supplie contez-moi l'aventure de M. de Gordes... Je meurs
d'envie de la connaître, et je vous aimerai bien...

Robert de la Tour-du-Roy essaya, pour l'acquit de
sa conscience, de résister encore un peu, mais il se
sentait vaincu d'avance.

Ce que femme veut, Dieu le veut ! — Lazarine fut
si câline et si gentiment suppliante que le marquis
fasciné par la voix, par le regard, par le sourire de la
sirène aux cheveux couleur de feu, dut amener son
pavillon.

— Je cède... — dit-il en soupirant.

— D'assez mauvaise grâce, je le constate ... —
répliqua la jeune fille avec un sourire. — Mais enfin
vous cédez, et c'est le principal... — Allez, j'écoute.

— Vous comprenez, — commença Robert, — que
le comte de Gordes, avec son nom, son titre et sa
fortune, était un parti très en vue et très-envié... —
Les premières familles du pays jetaient leur dévolu
sur lui pour leurs filles et s'efforçaient de l'enguir-
lander, mais il échappait à tous les pièges, passait

comme une salamandre au milieu des feux plus ou
moins désintéressés brûlant autour de lui, et gardait
la liberté de son cœur... — On le disait incapable
d'aimer.

— L'était-il en effet ? — demanda vivement Lazarine.

— Il l'était si peu que tout d'un coup, il y a deux
ans et demi, il devint amoureux...

XVI

— Amoureux?... — répéta Lazarine.— Sérieusement amoureux?

— A en perdre la tête,— répéta le marquis.

Il allait continuer.

La jeune fille ne lui en laissa pas le temps.

— Pardonnez-moi si je vous interromps... — fit-
elle, — c'est pour une question importante... — Je
sais que M. de Gordes est jeune, et je sais qu'il est
riche, mais vous ne m'avez pas appris s'il est beau...

— Je n'oserais affirmer que Raoul de Gordes soit
positivement beau, dans le sens absolu qu'on attache
à ce mot, — répondit M. de la Tour-du-Roy,— mais
je crois difficile de rencontrer un gentleman plus
sympathique... — Le comte est grand et mince,
svelte et vigoureux à la fois, élégant de tournure et

de manières... — Une abondante chevelure d'un châtain clair, naturellement bouclée, couronne un visage irrégulier, très-séduisant malgré son irrégularité, et d'une rare distinction. — Le nez est un peu fort peut-être, et la bouche un peu grande sous les moustaches fines, mais les yeux illuminent la figure et les lèvres souriantes découvrent des dents admirables... — L'expression générale est bienveillante et spirituelle... — Voilà, chère Lazarine, la photographie de Raoul de Gordes, sinon telle qu'elle serait aujourd'hui, du moins telle qu'elle était il y a deux ans, quand le départ du comte a brusquement rompu nos relations de bon voisinage... — Que vous semble de ce portrait, dont je garantis la ressemblance?...

— Je pense comme vous que le comte devait être très-séduisant... — dit Lazarine avec un sourire, — et, maintenant que je suis renseignée, poursuivez, je vous en prie.. — De qui M. de Gordes s'éprit-il?

Le marquis et la jeune fille n'avaient point quitté le plateau, d'où la vue s'étendait sur le paysage imposant dont nous tracions un peu plus haut les lignes principales.

Norah et le cheval de M. de la Tour-du-Roy profitaient de leur liberté relative pour arracher du bout des dents les touffes d'herbes luxuriantes qui poussaient au bord du chemin.

Le gentilhomme étendit sa cravache vers un point de l'horizon :

— Voyez-vous, — demanda-t-il, — voyez-vous cette tache blanche, un peu à gauche des futaies du parc de Gordes?

— Parfaitement... — Ce doit être un petit château, autant du moins que l'éloignement permet d'en juger... — Est-ce que je me trompe?

— Vous ne vous trompez pas... — Ce petit château, qui se nomme la Grangette, et les quelques terres qui en dépendent, appartenaient à un garçon de bonne famille mais presque sans fortune, le baron Henri de Braines, capitaine de cavalerie et camarade d'enfance de Raoul de Gordes. — M. de Braines, dégoûté du service à la suite d'un passe-droit dont, à tort ou à raison, il se prétendait victime, donna sa démission il y a trois ans et vint se fixer à la Grangette avec sa jeune femme, épousée par amour l'année précédente dans une ville de garnison. — Juliette de Braines n'avait apporté à son mari qu'une dot insignifiante, une éducation très-soignée, et ses yeux superbes. — Elle avait vingt-deux ou vingt-trois ans, une beauté fine, patricienne, exquise, et un esprit brillant dont son mari se montrait prodigieusement fier, sans trop le comprendre toutefois, car l'ex-capitaine, plein de cœur et de qualités solides, était d'une intelligence ordinaire.

— Il comptait vivre très-heureux à la Grangette, et même y mener un certain train, en tirant bon parti de ses quinze ou seize mille livres de rentes et en inculquant à madame de Braines les principes d'une sérieuse économie...

Une moue d'une ironie caractéristique se dessina sur les lèvres de Lazarine.

— Voilà, — se dit-elle, — une pauvre petite femme dont je n'aurais point envié le sort...

Mais elle n'eut garde de formuler tout haut cette réflexion.

M. de la Tour-du-Roy continua :

— Le domaine de la Grangette — (vous le voyez d'ici, mais sans vous rendre bien compte des distances) — se trouve à l'une des extrémités du parc de Gordes. — En traversant ce parc on peut aller à pied, de la petite habitation au château seigneurial, en moins d'une demi-heure...

» Henri de Braines, fixé définitivement dans le pays, s'empressa de renouer avec son ami de collège, ce qui fut d'autant plus facile qu'ils s'aimaient beaucoup jadis et ne s'étaient jamais entièrement perdus de vue. — Leurs relations redevinrent intimes et presque quotidiennes.

» Raoul de Gordes se prit tout d'abord d'une vive sympathie pour cette jeune femme si charmante, si digne de briller dans un milieu d'élégance et de

luxe, et condamnée par le défaut de fortune de son
mari à toute une longue existence incolore et sans
relief au sein d'une médiocrité navrante.

» Il entreprit charitablement de la distraire... — il
mit à sa disposition ses chevaux de selle ; — il orga-
nisa des chasses à courre en son honneur ; — il
l'invita sans cesse avec son mari ; — enfin, quoique
garçon, il donna quelques fêtes en la priant d'en être
la reine et de jouer chez lui le rôle de maîtresse de
maison.

» En agissant ainsi, Raoul de Gordes avait-il une
arrière-pensée ? — Je l'ignore et je dirai volontiers
que je ne le crois pas. — Henri de Braines, dans la
loyauté de sa nature, trouvait ces choses toutes
simples et n'éprouvait pour le jeune comte qu'un vif
sentiment de reconnaissance. — Aucun soupçon ne
venait troubler sa confiance absolue en sa femme et
en son ami.

— L'imbécile ! — pensa Lazarine ; puis tout haut,
d'un air de naïveté profonde, elle demanda : — Cette
confiance n'était-elle pas naturelle ? A quel propos
des soupçons ?

— Adorable candeur ! — murmura Robert, — Lazarine, vous êtes un ange !

— Vous ne répondez pas ? — reprit la jeune fille.

— Les faits vont répondre pour moi !... — Cette
imprudente intimité de tous les jours, de toutes les

heures, était pleine de dangers... — l'événement le prouva trop vite... — Raoul devint amoureux de Juliette... amoureux éperdûment...

Lazarine fit un geste de stupeur.

— Amoureux de la femme de son ami !... — s'écria-t-elle.

— Hélas, oui !

— Mais c'était un crime, cela...

— Chère bien-aimée, — répliqua le marquis, — vous m'avez imposé ce récit malgré moi... — Je refusais d'initier votre esprit si pur aux lamentables erreurs que vous ne soupçonnez pas encore... — Je voulais me taire... — Dois-je m'arrêter ?...

— Gardez-vous en bien !... Continuez... je veux tout savoir...

— J'approche du terme... — Raoul ne put cacher longtemps à Juliette la passion malsaine qu'il éprouvait pour elle, et la pauvre femme ne tarda guère à partager cette passion... — ils furent bientôt tout à fait coupables.

— Coupables, de quelle façon ? — demanda Lazarine avec un tel aplomb d'innocence que M. de la Tour-du-Roy baissa les yeux malgré lui sous son regard hardiment interrogateur.

— Coupables, — balbutia-t-il, — d'oublier que madame de Braines n'était point libre de donner son cœur, et que la loi de Dieu et la loi des hommes lui

défendaient d'écouter avec complaisance les aveux
et les serments du comte de Gordes, et d'y répondre
par des aveux et des serments pareils.

La fille de Jules Leroux questionna de nouveau.

— Est-ce que ces choses odieuses sont fréquentes
dans le monde ? — fit-elle.

— Trop fréquentes, oui, chère enfant.

— Cela fait peur, savez-vous !...

— Sans doute, — reprit le marquis avec exaltation,
— mais il est des âmes d'élite qui planent imma-
culées sur les fanges terrestres, et la vôtre est de ce
nombre... — il est des anges dont aucune tache ne
saurait souiller les blanches ailes, et vous êtes un de
ces anges...

Lazarine sourit.

— Prenez garde ! — dit-elle, — vous allez me rendre
orgueilleuse...

Robert haussa les épaules comme pour répondre :

— Orgueilleuse, vous !... — Allons donc ! — Vous
êtes trop parfaite pour avoir un défaut !

Puis il poursuivit :

— Cela dura quelque temps ainsi, et non sans un
vague scandale. — On commençait à parler un peu
partout, à demi voix et à mots couverts, des amours
du comte de Gordes et de madame de Braines. — Les
preuves manquaient encore sans doute, mais les pré-

somptions trop nombreuses équivalaient à une certitude...

» Le mari seul ne se doutait de rien, et son aveu-
glement paraissait si bizarre, si invraisemblable, que
certaines gens l'accusaient de complaisance pour un
voisin dix fois millionnaire et se détournaient de son
chemin afin de n'avoir point de salut à lui rendre...

» Ces gens-là calomniaient étrangement le pauvre
homme.

» Un matin, je me mettais à table pour déjeuner,
quand mon valet de chambre annonça Raoul de Gordes.

» J'allai droit à lui, inquiet de sa pâleur et de la
sombre expression de son regard.

» — Il y a un malheur, n'est-ce pas ? — m'écriai-je.

» Affirmativement il baissa la tête...

» Je ne me trompais point... Le malheur existait...

» Le comte venait me demander d'être un de ses
témoins.

» M. de Braines, instruit par une lettre anonyme,
s'était fait espion pour surprendre les amants et les
avait surpris...

» — Je pourrais vous tuer tous deux, — leur avait-
il dit, — j'en ai le droit, mais ce n'est pas ainsi
que je prétends venger mon injure... — Vous êtes des
misérables car je vous aimais, vous le savez bien,
et je croyais en vous absolument. — Je chasse cette
femme qui portait mon nom...— Vous, monsieur, je

13.

vous soufflette aujourd'hui et je vous tuerai demain...

» Madame de Braines, absolument folle de honte, de désespoir, d'épouvante, avait pris le fuite, et le comte, au moment où il me parlait, ne savait pas ce qu'elle était devenue...

» Si coupable que me parût M. de Gordes, je ne pouvais lui refuser mon assistance sur le terrain... — je l'accompagni donc... — il me présenta son second témoin et nous nous mîmes en rapport avec les témoins d'Henri de Braines.

» Il fut convenu que la rencontre aurait lieu le lendemain, à l'épée, au point du jour, dans la clarière d'un petit bois situé à un quart de lieue de la Grangette.

» A l'heure dite, tout le monde se trouvait au lieu convenu, y compris un chirurgien amené par M. de Gordes.

» J'ai joué un rôle plus ou moins actif dans bon nombre de duels... — je n'en ai jamais vu de plus effrayant que celui-là...

» M. de Braines passait pour une fine lame, mais Raoul de Gordes, depuis sa première jeunesse, fréquentait les salles d'armes parisiennes. — Sa supériorité était écrasante. — Il tenait littéralement dans sa main la vie de son adversaire, ce fut indiscutable dès les premières passes.

» Mais il fut en même temps non moins indiscutable que le jeune comte, dominé par un sentiment chevaleresque facile à comprendre, ne se servirait de sa force que pour amener la victoire de l'homme qu'il avait outragé.

» Il ne se contentait pas de ne point attaquer, il se découvrait volontairement et faisait des prodiges pour ouvrir à M. de Braines le chemin de sa poitrine.

» Cette générosité trop visible eut pour résultat d'exaspérer l'ex-capitaine :

» — Prétendez-vous par hasard me ménager, monsieur?... — s'écria-t-il avec un juron que je ne répéterai pas. — C'est là une insulte de plus!... — Défendez-vous, si vous n'êtes point un lâche !... — Défendez-vous afin que je puisse vous tuer!

» Le comte feignit alors de se défendre, mais il le fit si mollement que la colère de M. de Braines redoubla.

» — Ah ! — reprit-il avec un indicible transport de rage, — je saurai vous contraindre à lutter sérieusement !... Vos joues gardent la trace de mes soufflets d'hier ! je vais les souffleter de nouveau avec mon épée...

» Raoul voulait bien de la mort, mais il ne voulait pas de l'outrage. — D'un mouvement brusque il vint à la parade pour éviter le choc de l'acier menaçant sa figure.

» Le baron de Braines était lancé... — il rencontra l'épée tendue et s'enferra un peu au-dessous de l'épaule droite.

» Il lâcha son arme et s'abattit en balbutiant :

» — Est-ce donc là le jugement de Dieu ?...

» Un flot de sang jaillit de sa bouche, puis il demeura immobile, sans connaissance, étendu sur le dos, le visage farouche et les yeux ouverts.

» — Malheureux que je suis... — s'écria Raoul en s'agenouillant auprès du corps dans l'herbe rougie — je voulais mourir et j'ai tué !... Je me fais horreur...

Lazarine devint un peu pâle.

— M. de Braines était-il vraiment mort ? — demanda-t-elle.

XVII

— Le chirurgien se pencha vers le corps inanimé,
— reprit le marquis,— et, après un examen qui
nous parut à tous bien long, il déclara que le baron
était seulement évanoui... — Il ajouta que la blessure ne lui semblait pas mortelle, et qu'à moins de
complications imprévues la guérison de M. de
Braines serait possible, sinon probable, mais que la
nécessité de soins immédiats et de grandes précautions s'imposait impérieusement.

» Trois ou quatre paysans, curieux d'assister à un
duel, se cachaient assez mal derrière les buissons bor-
dant la clairière.

» Raoul de Gordes fit un signe.

» Ils accoururent. — Une sorte de brancard fut
improvisé avec des ramures. — On étendit le blessé

sur ce brancard, et les paysans, mis en réquisition
et payés largement, le portèrent à la Grangette où
le chirurgien l'accompagna.

» — Grâce au ciel je ne l'ai pas tué ! — murmura
le jeune comte en me serrant la main avec une fébrile exaltation. — Je ne saurais vous dire quel soulagement immense m'apporte cette pensée... —
Je me regardais tout à l'heure comme un assassin !...

» — La malheureuse Juliette est-elle retrouvée ? —
lui demandai-je.

» — Oui, — répliqua-t-il. — On est venu prévenir
hier au soir, qu'elle s'était réfugiée dans une maison
de paysans, ayant l'air d'une folle, ne comprenant
point ce qu'on lui disait et ne répondant à aucune
question... — J'y courus... — Pauvre femme !... — Je
la vis accroupie dans l'un des angles d'une petite
chambre basse et sombre, tremblant de tous ses
membres et prononçant d'une voix singulière des
phrases sans suite... — Elle ne me reconnut pas...
— Cependant, à force de paroles douces et suppliantes, je pus la décider à me suivre et je la con-
duisis au château où elle est encore...

» — Toujours folle ?

» — Toujours... et Dieu sait si son intelligence se
réveillera jamais... — Je ne veux pas désespérer de
ce réveil, néanmoins... — La commotion a été terrible, c'est vrai, mais Juliette est si jeune...

» Je repris :

» — Qu'allez-vous faire ?

» — Partir et quitter la France...

» — Seul ?

» — Non certes !... — J'emmènerai Juliette avec moi... — J'ai brisé sa vie... je dois lui consacrer la mienne tout entière... — A ce devoir sacré je ne faillirai point...

» — Où irez-vous ?

» — Je n'y ai pas pensé et ne m'en inquiète guère. — Qu'importe le lieu de l'exil ?...

» — Reviendrez-vous un jour ?

» — Je l'ignore et j'en doute...

» J'appris le lendemain que Raoul, le même soir, avait quitté le château de Gordes avec madame de Braines. — Il y a de cela deux ans, et depuis cette époque je n'ai entendu parler de lui qu'une seule fois, par les touristes qui prétendaient l'avoir reconnu dans une ville d'Italie... — Voilà, chère Lazarine, la romanesque et sombre aventure dont vous avez exigé le récit.

— Merci d'avoir satisfait ma curiosité, — répondit la jeune fille en souriant. — Une question encore : madame de Braines était-elle toujours folle quand ces touristes ont rencontré le comte ?

— Ils ne le savaient pas... le comte était seul...

— Et le mari, qu'est-il devenu ?

— Six mois après le duel, il est mort.

— Des suites de sa blessure ?

— Non. — La guérison était complète. — La solitude et le chagrin ont tué le malheureux. Que voulez-
vous ?... Il adorait sa femme...

Lazarine se tourna vers l'horizon où les toits
bleuâtres de Gordes et la blanche façade de la Grangette se détachaient sur la verdure sombre.

— Ainsi, murmura-t-elle, — les deux habitations
voisines sont désertes l'une comme l'autre ... —
L'exil volontaire et la mort en ont chassé les maîtres !
— C'est triste et cela donne le frisson ! Brrr ! — Au
galop, monsieur le marquis ! Je voudrais être
loin...

Et la jeune fille, rassemblant brusquement Norah,
lui fit tourner bride et la lança ventre à terre sur la
route en pente douce qui se dirigeait du côté des
Vertes-Feuilles...

Tout en dévorant l'espace, elle se disait :

— Cette Juliette est certainement plus folle que
jamais... — S'il en était autrement M. de Gordes
l'épouserait, puisqu'elle est veuve... — Un mari jeune
et dix fois millionnaire !... ah ! ce serait une heureuse femme !... — plus heureuse que moi, car le
marquis est un vieillard... et ne possède que six
millions !...

M. de la Tour-du-Roy dut passer une matinée avec

son notaire, auquel il avait envoyé des notes pour la
rédaction du contrat de mariage.

Ce notaire appartenait à l'espèce à peu près disparue des tabellions de l'ancien jeu, qui portaient
aux intérêts de leurs clients un intérêt plus passionné
que leurs clients eux-mêmes.

On ne les voyait guère en police correctionnelle
ou en cour d'assises, les tabellions de ce temps-là !
— ils n'avaient pas pour unique souci de *graisser
leurs bottes*, selon l'heureuse expression d'un tout
jeune notaire de notre connaissance, que les siennes,
trop bien graissées, conduiront peut-être un jour ou
l'autre un peu plus loin qu'il ne le voudrait.

Le notaire du marquis avait le même âge que so
client, — il se nommait maître Jomard et se plaisa
à répéter, non sans orgueil :

— Mon arrière-grand-père, mon grand-père c
mon père, tous notaires royaux, ont possédé de père
en fils la confiance de la maison de la Tour-du-Roy !
Le dernier marquis me fait l'insigne honneur de
m'accorder la sienne, et j'ose affirmer que j'en suis
digne !

Il le prouva bien, le digne maître Jomard, car ses
premières paroles en arrivant furent celles-ci :

— Je présente mes respectueux hommages à monsieur le marquis... — J'ai reçu les notes que monsieur
le marquis a bien voulu m'adresser ; je les ai étudiées

avec le soin qu'elles méritaient, et je me permets d'affirmer que je ne rédigerai point le contrat d'après les intentions exprimées par monsieur le marquis ! Ah ! non, par exemple ! jamais de la vie !...

— Qu'y a-t-il donc, mon vieil ami ? — demanda M. de la Tour-du-Roy en souriant et en serrant la main du nouveau venu. — Expliquez-moi bien vite ce qui paraît vous agiter si fort...

— Eh ! oui, mordieu ! je vais vous l'expliquer !... et sans le moindre ambage !

Et il l'expliqua.

Le marquis, mordu au cœur par un de ces terribles amours qui d'un vieillard font un enfant, avait résolu de se marier sous le régime de la communauté, en reconnaissant à sa jeune femme un apport de trois millions.

Cela faisait bondir le notaire.

— Vous n'avez pas le droit d'agir ainsi, monsieur le marquis ! — s'écria-t-il.

— Pourquoi ?

— Parce que vous risquez d'être dépouillé du jour au lendemain de la moitié de votre fortune, et de dépouiller vos enfants, s'il en survient.

— Comment ?

— C'est bien simple... — Occupons-nous d'abord de ce qui vous concerne personnellement. — Mademoiselle Leroux, future marquise de la Tour-du-Roy, est sans fortune, n'est-ce pas ?

— A peu près... et c'est pour cela que je désire lui constituer une dot de trois millions.

— Naturellement, mais supposons qu'au bout d'un temps de mariage plus ou moins long une incompatibilité d'humeur se manifeste entre monsieur le marquis et madame la marquise, et vienne rendre la vie commune intolérable pour l'un comme pour l'autre...

M. de la Tour-du-Roy se mit à rire.

— Je ne saurais admettre votre supposition, mon vieil ami...— interrompit-il ; — mademoiselle Leroux est un ange...

Le notaire ébaucha un geste d'impatience que le respect lui défendit d'achever, et il répliqua :

— Un ange, assurément ! Personne au monde ne songe à le nier, et certes je ne me le permettrais pas... Mais combien en ai-je vu, de jeunes filles, anges avant la noce et diables après... Oui, diables de la pire espèce... — Mademoiselle Leroux, je le crois de toutes mes forces, ne ressemble point à celles-là, mais il importe de tout prévoir... même l'impossible... — Donc, permettez-moi d'achever...
— Le chérubin devient diablotin, et ses blanches ailes cèdent la place aux cornes et aux griffes. — Demande en séparation de corps et de biens, intentée par l'un des époux, par tous les deux peut-être... —

La séparation est prononcée, peu importe au profit
de qui, et l'ange, entré chez vous les mains vides,
s'en va tranquillement en emportant *ses propres*,
c'est-à-dire vos trois millions... — Eh bien, monsieur le marquis, qu'en dites-vous ?

— Je dis que vous avez entièrement raison en
thèse générale, et parfaitement tort dans le cas particulier dont il s'agit,— fit M. de la Tour-du-Roy. —
Rien de pareil ne peut se produire... — je suis sûr,
mon vieil ami, vous entendez, ABSOLUMENT SUR, de
celle qui sera ma femme...

Maître Jomard ne haussa point les épaules, mais
ce ne fut pas faute d'en avoir terriblement envie.

Il se sentait en face d'un adversaire arc-bouté sur
un parti pris, et décidé à ne se point laisser convaincre. — Or il n'y a de pires sourds,— dit le proverbe, — que ceux qui ne veulent pas entendre !

Néanmoins il ne se tint aucunement pour battu,
et au bout de quelques secondes de silence il reprit:

— Autre chose : — on ne se marie pas dans le
but unique d'acquérir le droit légal et religieux de
caresser une jolie femme.— Le mariage conduit à la
paternité. — S'il plaît à Dieu, le beau nom de La
Tour-du-Roy ne finira point avec vous ! Je suis certain que vous y comptez...

— Je l'espère du moins de toute mon âme ! —
s'écria Robert.

— Très-bien... — Vous voilà marié... heureux époux, heureux père... vous avez deux enfants, trois enfants, quatre enfants... Le nombre n'y fait rien...

— Ici je vais être brutal... — me le permettez-vous?

— Je vous le permets... ne vous gênez pas.

— Nous sommes tous mortels... — Une maladie ou quelque accident vous emporte... — Madame la marquise reste veuve à vingt-quatre ou vingt-cinq ans... — Elle pleure beaucoup et porte le deuil avec un zèle des plus méritoires; puis un beau matin, ou plutôt un beau soir, elle s'aperçoit qu'elle s'ennuie, et songe à convoler de nouveau pour chasser son ennui... — Aussitôt fait que dit... — L'union nouvelle est féconde comme la première, et les enfants du second mari enlèvent à vos propres enfants la meilleure part des trois millions qui viennent de vous, et que vous avez fait la folie de constituer en dot à leur mère...

Le premier argument du notaire avait glissé sur M. de la Tour-du-Roy. — Celui-ci produisit une certaine impression.

Voyant son auditeur entraîné, le notaire redoubla d'efforts et se montra si logique, si persuasif, si éloquent, qu'après une lutte corps à corps de plus de deux heures, où le marquis ne céda le terrain que pouce à pouce, il finit par conquérir un notable avantage.

Maître Jomard demandait que le régime de la séparation de biens fût stipulé dans le contrat de mariage, et que l'apport reconnu par M. de la Tour-du-Roy à sa fiancée ne dépassât pas le chiffre d'un million.

— En somme, que risquez-vous ? dit-il pour enlever l'affaire.— Ceci ne vous oblige aucunement à restreindre vos libéralités...— Acceptez, dans l'intérêt des enfants à venir, le contrat que je vous propose, et si vous craignez d'être surpris par la mort sans avoir pu réaliser vos intentions premières, instituez dès demain, par un testament bien en règle, madame de La Tour-du-Roy légataire universelle de votre fortune... — Le testament la fera plus riche que ne l'aurait fait le contrat, et vous avez l'avantage immense qu'un testament est toujours révocable tandis qu'un contrat ne l'est jamais.

Nous le répétons, le marquis ne céda qu'à son corps défendant, mais enfin il céda, et c'était le point capital pour maître Jomard qui reprit triomphant le chemin d'Orléans.

La lecture du contrat devait avoir lieu, le soir du surlendemain, au château des Vertes-Feuilles.

Maître Jomard arriva pour dîner, dans une tenue irréprochable, et parut ébloui de la vertigineuse beauté de Lazarine.

— Fort heureusement,— dit-il tout bas au marquis

en l'emmenant dans l'embrasure d'une fenêtre, — fort heureusement je n'avais pas vu la future avant de discuter avec vous la rédaction du contrat... — Mademoiselle Leroux fait comprendre toutes les folies... et leur servirait d'excuse au besoin...

XVIII

A ce madrigal du notaire, M. de la Tour-du-Roy sourit, mais non sans embarras.

La lecture du contrat rédigé d'après les conseils de maître Jomard allait amener pour lui un moment très-pénible, il ne se le dissimulait pas.

Vainement il se répétait qu'en entrant dans les vues du tabellion il avait agi d'une façon sage et prudente, et sauvegardé l'avenir ; sa violente passion pour Lazarine et son orgueil de gentilhomme se révoltaient contre cette prudence.

— Doit-on calculer quand on aime?...— se répétait-il. — N'est-ce pas le plus grand des bonheurs de jeter sa fortune entière aux pieds d'une femme adorée? N'est-ce point une âpre et suprême volupté de sacrifier Sa Majesté l'Argent sur les autels du dieu Amour?

Et de toute son âme il déplorait cette rédaction fatale, ces clauses inspirées par la défiance. — Il se trouvait humilié, amoindri, indigne d'être aimé...

Mais il était bien tard pour revenir sur une chose accomplie.

Sous quel prétexte retarder la lecture qui devait avoir lieu tout de suite après le repas ?

Comment justifier aux yeux du notaire scandalisé un revirement imprévu ?

D'ailleurs maître Jomard, — il n'en doutait point — refuserait carrément de prêter son ministère à la rédaction d'un autre contrat. — De là des complications infinies... — Le mariage lui-même se trouverait retardé, et M. de la Tour-du-Roy ne pouvait admettre un retard.

— N'y pensons plus... — murmura-t-il avec un gros soupir.

Un seul étranger devait assister à la lecture du contrat, c'était le prince de Castel-Vivant, revenu de Paris depuis deux heures et rapportant avec lui une partie de la cargaison de merveilles dont la corbeille de noces serait pleine.

Le reste arriverait le lendemain.

Godefroy, en faisant ces emplettes pour le compte du marquis, avait prouvé une si parfaite intuition des aspirations féminines et une connaissance

1.   14

si profonde des élégances de haut goût, que Lazarine enchantée l'embrassa sur les deux joues.

L'orgueilleuse fille savourait d'autant mieux sa joie que la rage envieuse de Renée ne lui échappait point et ajoutait à son plaisir une sorte de piment délicieux.

Le dîner fini, le café pris, les convives passèrent au salon.

Un fauteuil avait été disposé pour maître Jomard devant la table ronde qu'une grande lampe, munie de son abat-jour, inondait de clartés.

Le notaire s'installa, ouvrit d'un geste magistral sa serviette de chagrin noir, en tira un fascicule de papiers timbrés couverts d'écriture et, après avoir salué les auditeurs assis en face de lui, commença sa lecture d'une voix tranquille et bien posée, et la mena sans interruption jusqu'à la fin.

Pendant cette lecture Lazarine, à plus d'une reprise, eut une contraction des narines et un frémissement des paupières.

Cette enfant était trop forte pour ne pas comprendre les affaires à demi-mot, comme un avoué retors; en outre elle avait lu du code tout ce qui pouvait intéresser sa situation.

— Me reconnaître un apport d'un million seulement, quand il en possède six, — pensait-elle. — C'est misérable! — Et le régime de la séparation de biens stipulé, c'est-à-dire l'impossibilité pour moi de mettre la main sur les autres millions ! — C'est odieux ! — M. de La Tour-du-Roy n'est point le grand seigneur amoureux que je croyais ! — il oublie sottement son âge et ne sait pas le faire oublier. — Je ne veux plus de lui. — Je vais rompre le mariage!...

Elle allait se lever et répéter tout haut ce qu'elle venait de se dire tout bas, mais elle réfléchit.

— Non, — murmura-t-elle, — je ne ferai pas cela. — Renée en serait trop contente! — Qui sait si je trouverais ailleurs ce maigre million dont on me fait l'aumône? Et puis, qu'importe la forme d'un acte? — Je défie ce vieillard, quand je serai sa femme, de se soustraire à mon influence. — Je le dominerai d'une façon si complète que ma volonté deviendra la sienne, et ce qu'il me refuse par contrat, il me le donnera par testament...

Cette pensée rasséréna Lazarine, et au moment où le notaire achevait sa lecture elle montrait au marquis émerveillé un visage souriant.

— En vérité, mon ami, — dit-elle en lui tendant la main, — vous faites trop pour moi! — A quoi bon ce million? — Qu'ai-je besoin d'être riche personnellement, puisque vous l'êtes? — Sachez-le bien, rien ne peut égaler mon dédain pour l'argent.

M. de la Tour-du-Roy, après avoir embrassé passionnément la petite main de la jeune fille, s'empressa d'aller redire à maître Jomard les admirables paroles qu'elle venait de prononcer, et ajouta en forme de conclusion :

— Vous voyez bien que c'est un ange!...

— J'y contredis d'autant moins, monsieur le marquis,— répliqua le notaire,— que très-certainement elle en a le visage...

Le jour du mariage arriva

Godefroy de Castel-Vivant devait être le premier témoin de Lazarine ; — Jules Leroux avait écrit à un agent de change de Paris, jadis l'un de ses intimes, pour lui demander d'être le second, et la réponse affirmative ne s'était point fait attendre.

Les témoins du marquis se nommaient le comte de La Chesnaie et le vicomte d'Aultremont, deux parfaits gentilshommes qui ne doivent jouer aucun rôle en ce récit, et desquels, par conséquent, nous n'avons point à nous occuper.

Le village ou plutôt le hameau des Vertes-Feuilles se composait de chaumières disséminées au fond du vallon, sur les rives du ruisseau servant de clôture naturelle à la propriété de l'ex-banquier.

La petite église et la mairie se trouvaient près l'une de l'autre, à l'extrémité de cette succession de maisonnettes.

Le mariage civil était indiqué pour onze heures,

et la cérémonie religieuse devait avoir lieu immédia-
tement après.

M. de la Tour-du-Roy avait envoyé la veille au soir
aux Vertes-Feuilles des voitures pour Jules Leroux,
ses filles et les rares invités.

Il arriva lui-même avec le prince, à dix heures du
matin, dans un grand coupé de cérémonie à huit ressorts et à siége drapé.

Le cocher, poudré à frimas, portait le tricorne en
bataille, la culotte courte et les souliers à boucles.

Les deux valets de pied, suspendus aux étrivières
derrière la caisse, étaient en tenue de gala.

La calèche découverte et le landau du marquis attendaient tout attelés, près du perron, côte à côte
avec le phaéton et la victoria qui venaient d'amener
le comte de La Chesnaie et le vicomte d'Aultremont.

Jules Leroux était au salon, en compagnie de ces
deux messieurs et de l'agent de change venu de
Paris.

Ni Lazarine, ni ses sœurs n'avaient encore paru.—
Sans doute Renée et Jeanne mettaient la dernière
main à la toilette de la mariée.

M. de la Tour-du-Roy, très-ému par l'approche du
moment solennel, appela une femme de chambre
et fit demander à la jeune fille si elle pouvait le recevoir.

La femme de chambre rapporta cette réponse :

14.

— Dites à M. le marquis que je descendrai dans cinq minutes...

Ces cinq minutes durèrent un quart d'heure, puis l'une des portes du salon s'ouvrit, la future marquise apparut dans l'encadrement de cette porte, et un murmure d'admiration s'éleva.

Jules Leroux, qui pouvait en sa qualité de père se permettre un calme absolu, dut s'avouer que jamais sa fille aînée ne lui avait paru si belle.

La toilette de mariée donnait une valeur énorme aux perfections de Lazarine.

La vivante blancheur de son teint faiblement rosé, la finesse de sa peau de camellia, semblaient plus pures et plus transparentes que d'habitude, grâce au voisinage du blanc mat de la soie, voisinage si écrasant pour une carnation moins éclatante et moins irréprochable.

Le corsage cuirasse, lacé par derrière et d'une simplicité voulue, montait chastement jusqu'au cou, mais l'étoffe souple moulait les contours d'une gorge pareille à celle des nymphes de Jean Goujon, dessinait les épaules tombantes, les rondeurs des bras, les lignes élégantes de la taille et le ferme développement des hanches.

L'ampleur de la traîne grandissait la jeune fille et l'amincissait encore.

La chevelure couleur de feu s'échappait du voile en longues bloucles inondant les épaules.

Quelques boutons de fleur d'oranger tombaient sur le front parmi de petites mèches en révolte. — D'autres formaient une guirlande passant sur l'épaule, traversant le corsage en biais, de droite à gauche, et descendant jusqu'à la ceinture comme le cordon d'un ordre de chevalerie.

Aucun bijou : ni bloucles d'oreilles, ni bracelets ; — pas même une bague.

Ainsi vêtue, souriant à demi dans les vapeurs neigeuses de son voile, Lazarine faisait rayonner autour d'elle un charme féerique, un attrait indéfinissable et d'une puissance inouïe. — Créature complexe, absolument belle, et plus séduisante encore que belle, la jeune fille réunissait en sa personne le double type d'une *Titania* quasi-fantastique et d'une cocodette parisienne...

L'agent de change se pencha vers Jules Leroux et lui dit à l'oreille :

— Je croyais connaître fort bien mademoiselle votre fille, et, ma parole d'honneur, je ne la reconnais plus!... — Mordieu ! la splendide créature !...— Monsieur de la Tour-du-Roy ne s'ennuiera pas!...

C'était absolument l'avis du marquis. — Il avait même quelque peine à croire à son bonheur tant il le trouvait grand, et l'admiration manifeste qu'inspirait sa fiancée exaltait encore son amour.

Renée et Jeanne firent une entrée modeste, tandis qu'on s'empressait autour de leur sœur.

Jeanne, gracieusement mais simplement vêtue, était jolie à ravir et radieuse de gaieté. — Quoi-qu'elle eût seize ans accomplis depuis quelques jours, il restait en elle une large dose de candeur en-fantine...

Elle courut à M. de la Tour-du-Roy, qu'elle aimait beaucoup, et elle l'embrassa sur les deux joues comme elle eût embrassé son père.

Le marquis lui posa ses lèvres sur le front, tira de sa poche un écrin de velours bleu, qu'il ouvrit, y prit un rang de perles et le lui mit au cou, en disant avec un sourire :

— C'est mon cadeau de noces, petite sœur... — Une jeune fille peut porter ce joyau si simple, et l'éclat virginal de ces perles leur donne avec vous un air de famille...

Jeanne devint toute rose, et pour le seconde fois embrassa son beau-frère.

Chose singulière et presque invraisemblable, Renée, ce jour-là, ne montrait point un visage sombre. — Sa toilette paille, d'un goût exquis et d'une superla-tive élégance, relevait la splendeur de sa beauté brune, si dissemblable de celle de Lazarine, mais assez triomphante pour soutenir la comparaison sans désavantage.

La seconde fille de Jules Leroux, réfléchissant qu'aux fêtes du château de la Tour-du-Roy elle avait chance de trouver un mari, s'était dit qu'il fallait accepter de bonne grâce, au moins en apparence, la haute fortune de son aînée.

Aussi, l'âme dévorée de jalousie, elle souriait.

Le marquis venait d'offrir à Jeanne un collier de perles.

— Chère et charmante sœur, — dit-il à Renée, — pour l'amour de Lazarine, acceptez cette bagatelle...

La bagatelle en question était une paire de boucles d'oreilles en brillants d'une eau merveilleuse et d'une valeur de deux mille écus.

— Ah! — s'écria la jeune fille avec une admiration presque sincère. — Vous me gâtez! Ces diamants sont trop beaux!

— Près de vos yeux ils seront sans éclat! — répliqua le marquis avec une galanterie transcendante.

Les trois quarts avant onze heures sonnèrent à la pendule du salon.

Jules Leroux coupa court au marivaudage de son gendre futur.

— Monsieur le maire nous attend, ceint de son écharpe... — dit-il, — si nous ne voulons pas le faire attendre, nous ferons bien de partir.

En même temps il offrait son bras à Lazarine, tandis que le marquis présentait le sien à Renée.

Le prince suivit, conduisant Jeanne.

L'agent de change parisien et les deux témoins de M. de la Tour-du-Roy fermèrent la marche.

XIX

Les voitures s'ébranlèrent, et lentement, l'une der-
ière l'autre, parcoururent l'allée sinueuse conduisant à la grille du parc.

Il faisait un temps splendide. — Le tiède soleil des
belles matinées d'automne mettait sur la verdure encore touffue, mais déjà jaunissante, ses rayons adou-
cis. — Point de vent et point de poussière. — La
cloche un peu fêlée de l'église sonnait sans relâche
et joyeusement.

— Le ciel favorise mon ami Robert, — dit le prince
de Castel-Vivant avec un sourire; — il est grand chas-
seur, il est passionnément amoureux, et le bon
Dieu lui donne pour son mariage un vrai temps de

chasse et de noces ! — C'est d'un heureux augure !...

Le petit cortége qui, grâce aux équipages du marquis, avait véritablement fort grand air, fit halte.

On était arrivé.

Les cent cinquante habitants des Vertes-Feuilles s'entassaient sur la place étroite, poussés par la curiosité beaucoup plus que par la sympathie, car ils connaissaient à peine l'ex-banquier, et Jeanne était la seule de ses filles qui fût populaire aux alentours.

Les hommes cependant se découvrirent avec une courtoisie champêtre au moment où Lazarine descendit de voiture, et se dirent les uns aux autres, à demi voix :

— C'est un beau brin de fille tout de même, la demoiselle à M. Leroux, malgré qu'elle a les cheveux couleur carotte...

M. le maire, — un paysan d'une soixantaine d'années, rond comme une futaille et chauve comme un œuf, — se montra fort digne et, quoi qu'il passât pour radical, ne manqua point d'ébaucher un petit salut chaque fois qu'il prononçait les noms aristocratiques du marié et des témoins.

Les titres de marquis et de prince, de comte et de vicomte, lui remplissaient la bouche. — Il les savourait en les énonçant.

Lorsque la cérémonie fut achevée, M. de la Tour-du-Roy prit à part le magistrat municipal et lui dit:

— Permettez-moi, monsieur le maire, de vous prier de distribuer cette somme aux plus pauvres de vos administrés...

En même temps il lui glissait dans la main une bourse contenant cent pièces d'or.

— Ah! monsieur le marquis, — murmura l'officier de l'état civil avec entraînement, — vous êtes un bien brave homme tout de même... — Si jamais vous vous portez pour être député, les autres auront beau dire et beau faire, je voterai pour vous...

Robert lui serra la main, offrit son bras à Lazarine et fit avec elle les cinquante pas qui séparaient la mairie de l'église.

Elle était parée comme pour les grandes fêtes, la petite église bien humble, bien pauvre, mais admirablement tenue par le digne curé dont le cœur ce jour-là débordait de reconnaissance.

La veille, en effet, M. de la Tour-du-Roy avait envoyé au nom de sa fiancée des candélabres d'une grande beauté pour le maître-autel, un splendide ostensoir en vermeil, et des vêtements sacerdotaux dignes d'un sanctuaire métropolitain.

I   15

Aussi ce fut avec une émotion visible que l'excellent prêtre célébra l'office divin et qu'après avoir donné la bénédiction nuptiale unissant indissolublement le marquis et Lazarine, il prononça une allocution courte et touchante.

La messe finie, et les registres signés à la sacristie, il reçut avec stupeur et attendrissement une somme de cent louis pour ses pauvres, puis il monta dans l'une des voitures car il déjeunait aux Vertes-Feuilles.

Aussitôt après le repas, qui d'ailleurs se prolongea jusqu'à près de trois heures, le marquis et sa jeune femme prirent place dans le grand coupé de gala à huit ressorts et partirent pour la Tour-du-Roy où nous savons que Jules Leroux, Renée et Jeanne devaient venir s'installer le lendemain.

La calèche découverte ramenant le prince suivait le coupé.

Le landau restait aux Vertes-Feuilles, à la disposition de l'ex-banquier et de ses filles.

Quand la voiture eut dépassé la grille du parc, le marquis prit la main dégantée de Lazarine, et la pressant entre les siennes, murmura :

— Chère bien-aimée, vous êtes à moi et ma vie n'aura désormais qu'un but, votre bonheur... Mais il faut m'aider à vous rendre heureuse...— M'aiderez-vous ?

— Je ne demande pas mieux, — répliqua Lazarine
en souriant, — seulement apprenez-moi comment je
puis le faire...

— En me témoignant une confiance entière...
absolue... — Ne me cachez ni une de vos pensées,
ni un de vos désirs. — Ce sera pour moi une
joie sans cesse renaissante de vous satisfaire en
toutes choses...— Ne me privez point de cette joie!...
ne me donnez point le chagrin profond de découvrir un jour que vous formiez un souhait et que
je n'ai pas su le deviner!... — Me promettez-vous
cela?...

— Je vous le promets de bien grand cœur... —
Ainsi donc, il faudra tout vous dire, même mes caprices?.. même mes fantaisies?...

— Certes!... et, je vous en prie, ayez beaucoup de
fantaisies... beaucoup de caprices...

Lazarine menaça coquettement du bout du doigt le
marquis.

— Prenez garde! — dit-elle.

— A quoi, chère mignonne?

— Vous vous livrez trop complétement. Une autre,
à ma place, abuserait...

— Abusez! je ne demande que cela...

La jeune femme regarda son mari en face, d'un
air très-sérieux, puis tout à coup se mettant à rire,
elle s'écria :

— Eh bien, c'est convenu... j'abuserai...

Tandis que se disaient ces choses, et qu'une familiarité pleine de promesses s'établissait entre les
deux époux, le grand coupé roulait rapidement.

Il atteignit la quadruple avenue de tilleuls séculaires, longue de plus d'un kilomètre, conduisant
à la grille flanquée de deux pavillons et surmontée
de l'écusson de la Tour-du-Roy, timbré de la couronne
de marquis.

Là commençait l'allée tournante et large courant à
travers de vastes pelouses semées de grands bouquets
d'arbres et aboutissant à la cour d'honneur du château.

Là aussi Lazarine éprouva une sensation profonde
qui chatouilla délicieusement son orgueil.

Les domaines du marquis s'étendaient sur les
territoires de quatre ou cinq villages.

La famille de la Tour-du-Roy habitant ses terres
depuis des siècles, et depuis des siècles transmet-
tant, des aïeux aux petits-enfants, les mêmes traditions de bienveillance inépuisable et de libéralité
sans bornes, avait dans le pays de profondes ra-
cines et, malgré l'envahissement progressif des idées
nouvelles, le marquis Robert jouissait d'une popularité que bon nombre de nos lecteurs trouveront
invraisemblable, étant donnée l'habituelle ingrati-
tude des agglomérations rurales.

Cette popularité se traduisit ce jour-là d'une façon qui, pour être un peu tapageuse, n'en était pas moins touchante.

Non-seulement tous les fermiers du marquis, leurs femmes, leurs enfants et leurs serviteurs, mais un nombre considérable d'habitants des villages voisins, huit ou neuf cents personnes au moins, formaient une double ligne non interrompue sur les marges de l'allée tournante.

Les femmes et les jeunes filles portaient presque toutes des bouquets. — Beaucoup de jeunes gens brandissaient d'antiques fusils de chasse et de vieux pistolets.

Dès que le coupé eut franchi la grille, éclatèrent ces cris cent fois et mille fois répétés :

— Vive monsieur le marquis ! — Bienvenue à madame la marquise !

En même temps les bouquets pleuvaient dans la voiture, et les coups de feu pétillaient sur toute la ligne. — On sait que pour les paysans, aussi bien que pour les Arabes, il n'existe pas de bonne fête quand la poudre ne parle pas.

— Comme ils m'aiment, ces braves gens, et comme ils vous aimeront! — dit à Lazarine Robert très-ému.

Et, tandis que le cocher retenait à grand'peine les

vigoureux steppers, surexcités par les clameurs et les
détonations incessantes, le marquis se penchait à la
portière, répondant avec effusion aux souhaits de
bienvenue adressés à la nouvelle marquise, et disait
de bonnes paroles à ces fermiers et à ces paysans
qu'il connaissait tous par leur nom.

Lazarine, de son côté, saluait la foule avec la grâce
souriante et la gentillesse adorable d'une jeune im-
pératrice acclamée pour la première fois dans la capitale de sa nouvelle patrie.

Son cœur battait vite ; un sang très-chaud montait
à ses tempes comme les fumées du vin de Champagne
et provoquait chez elle une sorte de légère ivresse.

— Et ce n'est pas un rêve !... — pensait-elle — Je
suis une grande dame, et je reçois l'hommage légitime que m'apportent ici mes vassaux...

Le coupé s'arrêta dans la cour d'honneur.

La portière fut ouverte et le prince Godefroy,
s'élançant de la calèche avec la vivacité d'un jouvenceau, vint donner la main à Lazarine pour l'aider à
descendre.

L'orgueil exalté de la jeune femme eut alors un
nouveau sujet de jouissance.

Tous les hommes appartenant à la domesticité
du château, valets de chambre, valets de pied, piqueurs, etc., en grande tenue, formaient la haie sur

les marches de l'escalier monumental conduisant au vestibule.

Ils ne criaient point et ne brûlaient pas de poudre comme les villageois, mais leur attitude exprimait le respect le plus humble, et ce fut entre deux rangs de têtes inclinées que madame de la Tour-du-Roy, appuyée au bras du prince, gravit les degrés, franchit la terrasse et toucha le seuil du logis seigneurial dont elle allait devenir la châtelaine éblouissante.

— Ma gracieuse amie, — lui dit à demi voix M. de Castel-Vivant, — avant d'entrer dans votre maison, faites volte-face et saluez le populaire... — Cela sera d'un fort grand style et d'un très-bon effet.

Lazarine suivit le conseil du prince.

Elle se retourna, le sourire aux lèvres, la flamme dans les yeux et, après avoir placé sa main droite sur son cœur, elle s'inclina deux fois de suite en ébauchant un geste de gratitude.

La vieille expérience de Godefroy ne l'avait pas trompé.

L'effet qui se produisit fut énorme, et dépassa même son attente.

Les acclamations reprirent en un *crescendo* formidable. — Les chapeaux et les mouchoirs s'agitèrent... — Les antiques fusils et les vieux pistolets rechargés s'unirent pour une suprême salve de mousqueterie assourdissante.

Le prince se frotta les mains.

— Voilà de l'enthousiasme! — dit-il. — Du vrai, je m'y connais! Vous serez populaire, belle mignonne!...

In petto, il ajouta :

— A la rentrée des Bourbons, c'était tout à fait ça... sur une plus grande échelle... — Au mariage de Napoléon III, c'était aussi la même chose... — Et encore au baptême du prince impérial... — Où sont les Bourbons? — où est l'empereur? — où est le prince impérial? — Oh! les enthousiasmes des foules!... — C'est égal... il en faut...

M. de la Tour-du-Roy se doutait bien qu'une affluence considérable viendrait saluer l'arrivée de la nouvelle marquise, et des précautions étaient prises en conséquence.

De vastes tables construites avec des planches posées sur des tréteaux se dressaient dans le parc au milieu d'une pelouse entourée de futaies.

Ces tables étaient chargées de pains, de volailles froides, de pièces de bœuf, de jambons et de gâteaux.

Dix tonneaux, placés bien au frais et munis de robinets en bois, ne demandaient qu'à laisser s'épandre les flots pourpres du vin de Beaugency.

Des centaines de lanternes vénitiennes de couleurs variées, suspendues aux branches des arbres autour

de la clairière, promettaient pour le soir une illumi-
nation pittoresque.

Un maître d'hôtel en grande tenue eut l'ordre de
prévenir les villageois que le marquis et la marquise
les priaient de se considérer dans le parc comme
chez eux, et les invitaient à faire honneur aux bonnes
choses préparées à leur intention.

Cette nouvelle, — attendue d'ailleurs, car l'hospitalité grandiose était, nous le savons, dans les traditions de la famille, — se propagea avec la rapidité
de l'étincelle électrique, fut accueillie par de joyeuses
acclamations, et les groupes de riche appétit firent
successivement honneur aux solides richesses du
lunch qui leur était offert.

Quand la nuit descendit, les lanternes multico-
lores s'allumèrent, des cordons lumineux dessinè-
rent les grandes lignes de la façade du château,
les valets apportèrent des paniers de vin de Champagne, et les accords d'un orchestre venu d'Orléans
annoncèrent que le bal champêtre allait commencer.

M. de la Tour-du-Roy, la jeune marquise et le
prince se mêlèrent alors à la foule pour quelques
instants. — Lazarine voulut danser la première con-
tredanse, et Godefroy lui servit de cavalier avec une
désinvolture toute juvénile.

A dix heures l'orchestre fit trève.

15

On allait tirer un feu d'artifice.

Au moment où les fusées préliminaires sifflaient en rayant le ciel sombre, le marquis, secoué par une émotion surhumaine, franchissait avec Lazarine le seuil de la chambre nuptiale...

XX

Jules Leroux et ses filles arrivèrent le lendemain pour l'heure du déjeuner.

Le marquis et Lazarine, prévenus par un piqueur qui précédait le landau, les attendaient sur la terrasse en compagnie de Godefroy.

M. de la Tour-du-Roy, radieux comme un époux de vingt ans et semblant jeune sous sa chevelure argentée, avait peine à cacher l'expression triomphante de sa physionomie.

Toutes les joies de l'amour heureux se lisaient dans les longs regards dont il enveloppait Lazarine.

La jeune fille, devenue jeune femme, était absolument la même que de coutume. — Son visage et sa démarche ne décelaient ni le moindre trouble, ni le plus léger embarras.

Tout au plus un étroit cercle d'azur, estompant le contour de ses paupières, témoignait-il de quelque fatigue.

Le prince prit Jules Leroux par le bras et, l'entraînant un peu à l'écart, lui dit à demi voix en désignant le marquis :

— Regardez donc Robert ! il est splendide, ma parole d'honneur !... Tudieu ! ce gaillard-là damerait le pion, haut la main, à tout un régiment de gommeux !... — Quant à mon adorable amie Lazarine, sa tenue de lendemain de noces me paraît tout simplement un chef-d'œuvre. — Mes compliments, mon vieux camarade, elle est très-forte, votre fille !

— Cela tient à l'éducation première, — répliqua Jules Leroux en souriant, — et puis la petite n'est point sotte.

— Sans compter que je la proclame la plus jolie marquise du beau pays de France, où les marquises sont généralement jolies ! — ajouta le prince assez haut pour être entendu de madame de la Tour-du-Roy, qui paya ce compliment d'un sourire et d'un petit hochement de tête du plus piquant effet.

La première série des invités du marquis arriva le lendemain.

Les familles patriciennes étant nombreuses dans le Loiret, et plusieurs de ces familles devant passer deux ou trois jours au château, M. de la Tour-du-Roy avait dû fractionner ses invitations par séries, ainsi que cela se faisait jadis à Compiègne.

Nous ne nous attarderons point au récit des fêtes qui durèrent deux semaines et qui furent splendides.

Les plaisirs à outrance du high-life se succédèrent sans interruption : bals, comédies, chasses à courre, courses de poneys, grands dîners au château, repas champêtres dans la forêt, ne laissèrent aux hôtes du marquis ni un instant d'ennui ni une minute d'inactivité.

Pendant ces deux semaines Lazarine enivrée ne passa point une heure sans s'applaudir de son mariage.

Au milieu de cette existence de luxe grandiose et de perpétuelle agitation, entourée, courtisée, adulée comme une jeune reine, elle se trouvait dans son élément.

Étourdissante et infatigable elle semblait d'acier trempé, quittant l'amazone pour la robe du bal après toute une après-midi de galop enragé, et dansant jusqu'au matin sans qu'une trace de lassitude apparût sur son visage rayonnant.

Les phrases les plus dithyrambiques ne sauraient donner à nos lecteurs la moindre idée de son succès.

Les hommes dont elle tournait la tête jalousaient hautement M. de la Tour-du-Roy.

Les femmes, moins enthousiastes, ne pouvaient

s'empêcher d'applaudir l'entrain merveilleux, l'adorable vivacité, la grâce incomparable de la jeune châtelaine, et subissaient son charme irrésistible, mais en même temps elles affectaient à l'endroit de Robert des airs compatissants dont il ne nous appartient point de suspecter la sincérité.

— A l'âge du marquis, — se disaient-elles de bouche à oreille, — c'est un dangereux bonheur que d'être le mari d'une si brillante cocodette !... Elle le mènera loin pour peu qu'elle veuille s'en donner la peine, et sans doute elle le voudra... — Une sirène de dix-huit ans n'épouse point par amour un homme dont soixante-cinq hivers ont blanchi les cheveux !... Elle n'a vu dans le mariage qu'un titre et des millions... — Elle les possède... — Quel usage en fera-t-elle ? — C'est facile à prédire... — Hélas !... Pauvre marquis !.

— Pauvre marquis !... répondaient les âmes charitables, — il aurait, assurément, beaucoup mieux fait de rester garçon...

— Ou, si le célibat lui pesait, d'épouser une personne un peu mûre, sensée et de bonne maison...

Ces dernières paroles émanaient d'une respectable baronne en possession de filles majeures dont les jeunes gens oubliaient de demander la main.

Entre l'envie des uns et la pitié des autres Robert de la Tour-du-Roy, le seul bon juge dans sa propre cause, se trouvait-il heureux ?...

Oui et non.

Assurément les triomphes de Lazarine exaltaient son orgueil, la possession de cette exquise créature lui donnait des joies sans pareilles.

Sous le double rapport des contentements de l'amour-propre et des félicités de la chair, son bonheur était tel qu'il dépassait même son attente, mais par moments une inquiétude vague s'emparait de lui malgré lui, et mettait des teintes grises sur les tons clairs du radieux mirage au milieu duquel il vivait.

Lazarine lui semblait toute différente de la virginale amazone rencontrée dans les bois, sur un poney tranquille, par une belle matinée d'automne, et devenue au bout de quelques semaines marquise de la Tour-du-Roy...—A coup sûr elle n'était pas moins charmante, mais ce n'était plus la même femme.

Dominé brusquement par une de ces passions qui grandissent si vite dans le cœur des vieillards, Robert avait marché droit au mariage sans connaître pour ainsi dire la jeune fille qu'il épousait, ou plutôt ne connaissant d'elle que l'idéal forgé par son amour.

Il avait cru Lazarine simple dans ses goûts, parce qu'il la voyait dans le cadre plein de simplicité des Vertes-Feuilles ; — il se l'était figurée très-modeste, sinon très-timide, et par avance il avait joui de ses étonnements candides quand il l'entourerait de son faste de grand seigneur millionnaire...

Or, non-seulement la jeune marquise ne s'étonnait de rien, mais ses aspirations la poussaient vers un luxe plus éclatant encore et surtout plus tapageur.

La gommeuse parisienne élevée, ou pour mieux dire livrée à elle-même par un père insouciant, reparaissait sous la marquise quand Lazarine oubliait un moment le rôle que la prudence lui avait imposé pour mener à bien la conquête d'un mari. — Maintenant il lui appartenait, ce mari ; rien ne pouvait le lui enlever... — Une contrainte de toutes les minutes ne semblait plus indispensable. — Elle se surveillait moins...

Aussi M. de la Tour-du-Roy s'étonnait de certaines excentricités inattendues ; il s'effrayait de l'ardeur de Lazarine au plaisir et se demandait, avec cette inquiétude vague dont nous parlions quelques lignes plus haut, s'il en serait toujours ainsi.

Mais la distinction native de la jeune marquise et sa beauté sans rivale rendaient charmantes ces excentricités. — Sa grande jeunesse expliquait et excusait d'ailleurs ses entraînements quasi-fébriles. — Cette enfant se grisait de son succès. — Quoi de plus naturel, en somme, et quoi de plus inévitable ?

Le marquis se disait ces choses et parvenait à se rassurer. — Le mirage alors reprenait ses teintes roses, puis les inquiétudes renaissaient, pour s'effacer de nouveau et pour renaître encore.

Au commencement de la seconde semaine des fêtes au château, un symptôme plus grave se manifesta.

M. de la Tour-du Roy trouva, — non sans raison, — que la nouvelle marquise ne savait point exiger et obtenir de quelques-uns de ses danseurs une suffisante dose de respect, non que Lazarine fût sérieusement coquette et parût songer à mal, mais elle se montrait trop familière et, qu'on nous permette le mot, trop *bon garçon*.

Il ne se passait, à coup sûr, quoi que ce fût de répréhensible ou de choquant au point de vue des convenances. — C'était un *flirtage* anodin; une taille abandonnée plus mollement qu'il n'aurait fallu au bras d'un valseur; des phrases courtes murmurées tout bas et suivies de longs rires éclatants... — Peu de chose en un mot, et beaucoup trop...

C'est que Lazarine suivait à son insu les errements des sauteries intimes, improvisées avec les petits gommeux de son escadron volant dans le salon de l'hôtel de Jules Leroux, alors que sans la moindre gêne elle parlait à son cavalier de mademoiselle Tata, l'amie intime de son père, aperçue la veille dans une avant-scène de rez-de-chaussée, à la première des Variétés ou des Bouffes, et se recommandant à l'attention de *ces messieurs* de l'orchestre par une toilette *épatante*.

Robert de la Tour-du-Roy, considérant comme de

purs et simples enfantillages les petits faits que nous
venons de signaler, n'était assurément point jaloux
mais le ridicule l'effrayait, et un beau soir, ou plutôt un
matin car le jour allait bientôt paraître quand il regagna son appartement avec sa femme après un cotillon interminable, il hasarda de façon discrète une
observation presque timide.

La petite marquise le regarda d'un air étonné.

—Je ne vous comprends pas du tout, mon ami...
répondit-elle. — Est-ce que vous m'adressez un reproche?...

— Non, mais...

— Ai-je fait quelque chose qui vous ait déplu?... —
interrompit la jeune femme; — j'en serais bien cha-
grine... — si j'ai péché, c'est par ignorance... —
Expliquez-moi donc nettement les choses, afin de
m'éviter une rechute involontaire...

Une telle expression de franchise illuminait le visage de Lazarine: il y avait tant de candeur dans son
beau regard que le marquis, fort embarrassé, ne savait plus comment formuler ses griefs.

Il le fit cependant, mais avec une hésitation manifeste, en homme qui se demande s'il a bien vu ce
dont il parle et s'il ne joue pas un sot personnage en
s'effarouchant sans motif.

Lazarine, attentive et les yeux fixés sur lui, le laissa
s'expliquer jusqu'au bout.

Quand il eut achevé elle répliqua d'une voix lente, bien posée, avec la plus angélique douceur :

— Quoi que vous en disiez, mon ami, c'est un reproche, et je le mérite sans doute, mais vous me permettrez de plaider les circonstances atténuantes... — L'expérience me fait défaut... — Je n'ai jamais vécu dans la sphère aristocratique où votre amour vient de m'introduire... — Tous les hommes à qui vous faites l'honneur d'ouvrir votre maison sont gens du meilleur monde, et de plus ils sont vos amis... — j'ai cru bien faire en les accueillant bien... en étant gracieuse autant que je l'ai pu... — Je suis presque une enfant encore, songez-y, et je m'amuse au bal comme une enfant ivre de mélodie... — Je trouve mon bonheur si grand que ma nature rieuse m'entraîne et que ma joie se manifeste par des gaietés folles... — Ceci n'est point convenable, et vous me l'avez fait comprendre, ce dont je vous remercie de toutes mes forces... — Je veillerai sur moi, je vous le promets... — Je serai sérieuse désormais, comme doit l'être la marquise de la Tour-du-Roy. — J'aurai la pudeur de ma gaeté. — Je saurai la cacher au monde. — Je refuserai de valser... Je parlerai peu... Je ne rirai plus... Je tiendrai mes danseurs à distance, enfin je serai convenable, absolument convenable, et vous serez content de moi...

— Lazarine, chère Lazarine, — s'écria le marquis

très-inquiet, — je me suis donc expliqué bien mal,
que vous m'avez si peu compris !... — Ce n'est pas
cela ! pas cela du tout ! — Ne plus valser ! ne plus
parler ! ne plus rire ! — C'est impossible, et ce serait
absurde !

— Soit ! mais alors, que me demandez-vous ?

— Un peu plus de réserve... oh ! très-peu... une
nuance à peine saisissable...

— Le sentiment des nuances me manque... il me
viendra, j'y compte, mais il n'est pas encore venu...
— Ne sachant où l'excès commence, j'aime mieux
supprimer tout, pour être sûre de n'exagérer rien...

— Alors, adieu la joie de nos fêtes !

— Si les fêtes sont moins vivantes, les convenances
seront sauvées...

— Vous ne les blessiez point...

— Que me disiez-vous donc ?...

— Rien dont il faille vous souvenir... Je me
trompais absolument. — Laissez votre franche nature
s'épanouir en liberté ! — Restez telle qu'on vous
aime et telle qu'on vous admire... — Ne modifiez
rien à vos façons charmantes. — Vous êtes adorable...

Lazarine sourit, jeta ses beaux bras nus autour du
cou de son mari, et lui noyant les lèvres dans les
ondes parfumées de sa chevelure couleur de feu, elle
murmura :

— Vous dites cela, Robert, parce que vous m'a-
dorez... et je suis heureuse de vous l'entendre dire
parce que je vous aime...

. . . .

La jeune marquise, au bal du lendemain, flirta
comme le veille avec ses valseurs favoris, et peut-être
même un peu plus. — N'avait-elle pas l'autorisation
conjugale ?

M. de la Tour-du-Roy la regarda faire et s'efforça
de trouver cela charmant...

Étonnerons-nous nos lecteurs en affirmant qu'il
n'y réussit qu'à moitié ?...

XXI

Quand expira le dernier jour de la quinzaine si brillamment remplie, quand la dernière série des invités quitta le château de la Tour-du-Roy ; — quand le prince reprit le chemin de Paris ; — quand enfin Jules Leroux regagna les Vertes-Feuilles avec Renée et Jeanne, le marquis éprouva une sensation de soulagement inouï.

La fatigue physique n'avait aucune prise sur sa vigoureuse organisation, mais la fatigue morale l'accablait et surtout l'agaçait au plus haut point. — La solitude produisit sur lui l'effet d'un bain rafraîchissant après une course longue et pénible sous les rayons d'un soleil torride.

Il pensa qu'il allait avoir enfin bien à lui, entièrement à lui, la femme idolâtrée qui depuis le jour du

mariage ne vivait que pour le monde. — Plus d'agitation, plus de tapage, l'existence calme, l'existence
à deux, le bonheur rêvé! — Robert respirait à pleins
poumons; tout son être se dilatait.

Malheureusement Lazarine ne partageait que d'une
façon très-incomplète cette manière de voir.

M. de la Tour-du-Roy, — il faut bien le dire, —
avait fait preuve d'une inexpérience déplorable en
livrant la jeune marquise au tourbillon des plaisirs
bruyants, dès le début d'une union mal assortie
sous le double rapport des âges et des caractères.

La fille de Jules Leroux, entraînée pendant deux
semaines par le courant des dissipations élégantes,
s'était retrouvée dans son atmosphère. — Elle se
sentait vivre et ne comprenait plus une existence
d'un autre genre.

Aussi, lorsqu'un profond silence eut remplacé les
musiques des orchestres et les gammes perlées des
éclats de rire; lorsqu'on cessa d'entendre du matin
au soir rouler les voitures et piaffer les chevaux sur
le sable de la cour d'honneur; lorsqu'on ne vit plus
depuis la terrasse les robes à traîne de couleurs
claires, les ombrelles aux tons vifs et les habits rouges
des chasseurs égayer les lointains bleuâtres; lorsqu'enfin les repas où s'asseyaient soixante convives
ne furent qu'un souvenir, un mirage évanoui; le
parc, habité seulement par ses blanches statues, pro-

duisit sur Lazarine l'effet d'un immense désert, et le grand château vide lui parut une Thébaïde absolument lugubre.

En parcourant les longues galeries, en traversant les vastes salons, il lui semblait que ses pas légers résonnaient comme sous les voûtes d'une église.

L'ennui s'emparait d'elle, amenant à sa suite la tristesse, presque le découragement.

Mais la jeune femme réagit contre cette défaillance et, loin de s'abandonner, se tint prête à la lutte.

Bien trop habile pour laisser voir à son mari ce qui se passait dans son âme et pour l'effrayer en lui révélant les instincts qui la dominaient, elle voulait s'emparer de lui d'abord si bien et si complétement qu'il n'eût plus d'autre volonté que la sienne ; obtenir qu'il achetât pour elle dans le quartier des Champs-Élysées un hôtel d'un million, et qu'il la conduisît à Paris chaque hiver.

Une fois au centre de la haute vie Lazarine, sûre de son pouvoir, ne craindrait plus rien et défierait l'ennui.

La réalisation du plan d'attaque ne subit aucun retard. — La petite marquise commença sur-le-champ ses opérations et se montra de première force en jouant la comédie d'une tendresse qu'elle n'éprouvait guère, et en enguirlandant M. de la Tour-du-Roy comme une courtisane enguirlande un riche vieillard qui n'a pas d'héritiers.

Le marquis, prenant au sérieux ce jeu savant, se trouvait de la meilleure foi du monde le plus heureux des hommes et l'était en effet, car en certains cas — et celui-là est du nombre — l'illusion vaut la réalité.

. . . .

Le facteur rural faisant le service de la Tour-du-Roy arrivant d'habitude au château vers onze du matin, un valet de chambre apportait à la salle à manger la correspondance et les journaux.

— Lisez vos lettres, — disait invariablement Lazarine à son mari, — et donnez-moi *le Figaro*, *la Vie parisienne*, si c'est son jour, et les journaux de modes.

Un matin le marquis, après avoir parcouru l'une des lettres qu'il venait de recevoir, leva la tête avec un sourire.

— Vous souvenez-vous, chère enfant, — fit-il, — de m'avoir adressé quelques reproches, très-mérités d'ailleurs, au sujet de la décoration incomplète de la petite galerie?...

— Certes! vous m'avez même promis d'aviser au plus vite... — Il y a tout près d'un mois de cela, — répondit Lazarine en riant, — et je ne vois rien venir...

— Je suis innocent de ce retard, croyez-le bien... — j'avais écrit sans perdre une minute... je ne recevais pas de réponse...

I.   16

— Et, aujourd'hui ?

— Laurent Védel s'est enfin décidé à m'écrire les trois lignes que voici...

— Laurent Védel ! — s'écria Lazarine. — L'artiste à la mode dont j'ai vu des choses exquises aux derniers Salons ! C'est à lui que vous vous êtes adressé ?

— Pouvais-je mieux choisir ?

— Assurément non... — Mais consent-il à se charger de ce travail ?

— Il consent... — Sa lettre me l'annonce...

— Bravo ! la galerie, décorée par lui, sera tout bonnement merveilleuse. — Quand commencera-t-il ?

— Bientôt, car il arrivera demain matin à Orléans par le train de dix heures... — Il me prie d'envoyer une voiture le chercher à la gare...

— Connaissez-vous personnellement Laurent Védel ?

— Oui. — Je l'ai vu il y a trois ans au château de Gordes où il exécutait des peintures importantes... — C'est pour cela que j'ai pensé à lui.

— Quel homme est-ce ?

— Un bon et brave garçon de quarante-huit ou cinquante ans, pas beau, mais point commun... artiste jusqu'au bout des ongles... homme du monde quand il le faut, décoré, spirituel, célibataire, et s'étant conquis à la pointe de ses pinceaux une agréable aisance... — Il habite, rue Prony, un joli petit hôtel qui lui appartient... — Je lui donnerai l'appartement du premier étage qui communique avec la galerie par un escalier de service et, si vous n'y voyez point d'obstacle, je l'inviterai de votre part à prendre ses repas avec nous... Dans le cas contraire on le servirait chez lui.

— Invitez-le, — s'écria Lazarine, — invitez-le cent fois plutôt qu'une!... — il était bien inutile de me consulter à ce sujet... — Un artiste est à sa place partout, même chez un grand seigneur comme vous...

— Charles-Quint ramassait de sa main royale le pinceau du Titien... — ajouta le marquis en souriant, — sujet de tableau très-joli, mais devenu banal... — Soyez tranquille, je l'inviterai...

Le nageur en train de se noyer se raccroche à toute branche.

La pensée qu'un hôte, quel qu'il fût, allait s'installer à la Tour-du-Roy, causait à la jeune femme un plaisir indicible.

Cet hôte arrivait de Paris ; — il avait un nom connu presque célèbre ; — il était *dans le mouvement;* — elle pourrait s'intéresser à ses travaux ; — il romprait par sa présence aux repas la lourde monotonie de ses tête-à-tête avec son mari ; enfin il la distrairait de l'ennui morne sous lequel elle se sentait sombrer...

Bref, Lazarine fut singulièrement joyeuse ce jour-là.

— Ma chère enfant, — lui demanda le marquis

dans la soirée, — ne vous effrayeriez-vous point d'une matinée de solitude absolue?

— A quel propos cette question?

— Voici : — Il serait convenable, je crois, de traiter notre artiste avec des égards particuliers, et de lui montrer ainsi que les grands seigneurs de ce temps n'ont point dégénéré... — Je songe donc à aller en personne au-devant de lui. — Je partirais de bonne heure pour me trouver à son arrivée... — Nous déjeunerions ensemble à Orléans et je serais de retour avec lui vers deux heures de l'après-midi, mais il est bien entendu que tout ceci se subordonne à votre bon plaisir... — Que pensez-vous de mon projet?

— Je l'approuve de tout point.

— Je vous en remercie et je vais modifier dans ce sens les ordres précédemment donnés.

Le lendemain, le temps était radieux.

M. de la Tour-du-Roy partit à sept heures du matin en voiture découverte.

Un petit break suivait la calèche et devait rapporter les bagages de Laurent Védel.

— Lazarine en déjeunant toute seule fit la remarque peu obligeante qu'elle s'ennuyait infiniment moins que lorsque son mari était en face d'elle.

— C'est un homme parfait, — se dit-elle, — je ne le déteste point, mais sa galanterie me fatigue et son amour m'excède. — Que puis-je à cela?...

Un peu après midi elle fit seller Norah et partit, suivie d'un groom, pour sa promenade quotidienne dont elle avançait le moment, enchantée de courir les grands chemins selon son caprice et sans surveillance importune.

Quand elle revint, vers les trois heures, le marquis l'attendait sur la terrasse.

— Le temps vous a-t-il paru long, ma mignonne? — lui demanda-t-il...

— Un peu, — répondit-elle avec la plus séduisante hypocrisie, en apportant son front aux lèvres de son mari; — aussi je suis sortie, vous le voyez, et j'ai combattu de mon mieux par le mouvement l'ennui de l'absence... — Et vous, qu'avez-vous fait?

— J'ai ramené Laurent-Védel...

— Où est-il?

— Dans la galerie, sur une échelle... il travaille...

— Déjà!...

— Il s'est mis à l'œuvre sans perdre une minute... — il se hâte, ayant des engagements pris et ne pouvant me donner que peu de jours...

— Eh! bien, allons le voir tout de suite...

— Non... — ce serait le désobliger beaucoup...

— Bah!... pourquoi cela?

— Notre artiste a la coquetterie d'un homme du monde... — Son costume de travail lui semble d'une parfaite inconvenance pour une première entrevue,

16.

et peut-être n'a-t-il pas tort... — Je vous le présenterai donc au moment du dîner, ce qui sera beaucoup plus correct...

— Comme vous voudrez, ou plutôt comme il voudra.

— Mais ce n'est pas tout... — Il y a une complication ...

— Laquelle?

— Nous avons deux hôtes au lieu d'un...

La marquise regarda son mari d'un air étonné.

— Deux hôtes?... — répéta-t-elle avec un accent interrogatif.

— Oui. — Laurent Védel a trouvé bon, pour accélérer la besogne, de s'adjoindre un de ses élèves, un jeune homme qui, paraît-il, a déjà du talent et se fera quelque jour une belle place au soleil. — Quel parti prendre à l'égard de ce jeune homme que je ne voudrais pas blesser?

— Vous dites que c'est un artiste?

— Oui, mais un artiste en sous-ordre jusqu'à présent.

— Est-ce un garçon de mauvaise compagnie?

— Pas absolument, quoiqu'un peu bohème... En route il m'a semblé très-drôle... Il ne manque point d'esprit naturel et ses hâbleries sont piquantes... — Avez-vous lu Balzac? — Figurez-vous Léon de Lora,

quand Léon de Lora s'appelait Mistigris... — De sa
personne il est fort bien, et me paraît le savoir un
peu trop. — Entre nous, je le crois enchanté de lui-
même...

— Bref, il est fat ! — répliqua Lazarine en riant.
— Que nous importe ce ridicule ? — Je ne vois là nul
motif sérieux d'exclusion, et je suis d'avis d'admettre
l'élève à notre table comme nous y admettons le
maître.

— J'osais à peine vous le proposer ! — s'écria M. de
la Tour-du-Roy. — Vous me tirez là, chère enfant,
d'un fort gros embarras, et vous ferez un vrai plaisir
à Laurent Védel... — Il ne me savait point marié, et
cette ignorance explique et justifie le sans-gêne apparent de son procédé... — Je vais le prévenir que
tout s'arrange pour le mieux.

— Et moi, — reprit la jeune femme, — je monte
quitter mon habit de cheval... — Puisque nous
ne dînons pas seuls je veux être ce soir très-belle,
afin de vous faire beaucoup honneur...

Elle dessina, d'un air moitié sérieux moitié plai-
sant, une belle révérence en face de son mari que sa
grâce coquette rendait fou puis, jetant sur son bras
gauche la longue traîne de son costume d'amazone,
elle quitta la terrasse et, — qu'on nous permette
cette expression, — s'envola vers son appartement
avec la légèreté d'un oiseau.

Au château de la Tour-du-Roy trois coups de cloche annonçaient le repas du soir.

La première sonnerie retentissait à six heures un quart, et prévenait les convives égarés dans le parc qu'il était temps de se rapprocher du logis.

Les deux autres appels se succédaient de quart d'heure en quart d'heure, le dernier ne précédant que de cinq minutes l'apparition imposante du maître d'hôtel.

XXII

Lorsque sonna le troisième coup, Lazarine descendit au salon.

Elle avait promis à son mari d'être très-belle, — pour lui faire honneur, — et tenait amplement parole.

Rien de plus simple que sa toilette et rien de plus exquis.

· Elle portait une longue robe de foulard de l'Inde d'un rose aussi pâle que le rose de la peau, et l'étoffe souple l'habillait au plutôt la déshabillait à souhait pour le plaisir des yeux. — Jamais costume mieux fermé ne fut plus indiscret.

Le foulard, d'une mollesse provocante, s'appliquait comme un second et vivant épiderme sur ses bras, sur sa gorge, sur ses épaules. — On ne devinait point

de corset. — Le buste de jeune statue profilait librement ses contours harmonieux.

Un mince ruban de velours noir qu'une grosse perle
attachait au cou, indiquait seul d'une façon précise où
finissait l'étoffe, où commençait la chair.

La jupe étroite serrait les hanches et, presque sans
plis, accusait jusqu'aux chevilles éblouissantes, les
jambes à la fois rondes et fines.

Les cheveux relevés, formant un chignon très-haut,
se massaient au sommet de la tête dans un désordre voulu qui faisait valoir leur richesse.

Par un caprice de jolie femme excentrique, Lazarine, dont la vue d'ailleurs était perçante, avait en-
châssé dans l'arcade sourcilière de son œil droit un
petit monocle d'écaille blonde, et ce monocle donnait
à son regard une adorable expression d'impertinence.

M. de la Tour-du-Roy était au salon avec les
deux artistes. — Tous trois se levèrent au moment de
l'entrée de Lazarine.

Le marquis tressaillit. — Sous ce costume qu'il
voyait pour la première fois, et qu'on ne pouvait cependant accuser d'indécence, sa femme lui semblait
trop exhibée.

Il n'en laissa rien paraître et il dit :

— Ma chère amie, je vous présente M. Léon Védel,
l'artiste à la mode dont vous avez admiré les œuvres
à Paris et qui nous fait le grand honneur d'apporter

dans notre maison les merveilles de son beau talent...

Lazarine s'inclina.

— Nous sommes de cela très-heureux et très-fiers, — répliqua-t-elle, — et M. Védel peut compter sur notre plus vive reconnaissance...

— Ah! madame la marquise, — s'écria l'artiste, — si vous dites vrai, et je serais fier de le croire, il vous est bien facile de me le prouver...

— Et de quelle façon?

— En me permettant de faire votre portrait et de l'exposer... — Ma parole d'honneur, vous êtes trop belle! C'est renversant! c'est à n'y pas croire! Je m'engage, en copiant la nature, à produire un chef-d'œuvre qui sera le grand succès du prochain Salon.

— Si mon mari le permet, — répondit Lazarine en riant, — moi je ne demande pas mieux.

Laurent Védel se tourna vers le marquis.

L'artiste n'était pas beau, — nous avons entendu M. de la Tour-du-Roy l'affirmer à sa femme, — mais sa laideur originale et point du tout vulgaire commandait la sympathie.

Grand et mince, il offrait un visage tourmenté qu'illuminaient des yeux magnifiques et que couronnai une chevelure épaisse, déjà grisonnante. — Sa barbe restait fauve comme une crinière de lion. — Le ruban de la Légion d'honneur formait une mince ligne rouge à la boutonnière de sa redingote.

Tandis que Laurent Védel sollicitait le consente-
ment de M. de la Tour-du-Roy, l'attention de Laza
rine se trouvait brusquement accaparée par le compagnon de l'artiste.

Ce jeune homme, depuis l'entrée de la marquise,
semblait en proie à un inexplicable embarras et cherchait à se dissimuler derrière son maître. — Rien en
lui n'annonçait cependant qu'il fût affligé de timidité
chronique.

C'était un solide garçon de vingt-cinq ans, charmant de visage et de tournure. — Sa chevelure
brune et bouclée, ses yeux noirs et vifs, ses moustaches soyeuses, sa taille souple, faisaient de lui un
de ces types sans véritable distinction mais irréprochablement jolis, qui tournent la tête à beaucoup de
femmes.

Sa figure devait exprimer habituellement une
ample dose d'effronterie et un absolu contentement
de soi-même.

Mais en ce moment, nous le répétons, ce garçon
paraissait fort mal à son aise et, comme dit à peu
près le bonhomme La Fontaine : *plus honteux qu'un
renard qu'une poule aurait pris.*

Lazarine, de son côté, éprouvait un trouble bizarre.

Elle devint pâle. — Ses paupières battirent. — Un
petit frisson nerveux agita ses lèvres.

Ce fut court. — Les joues reprirent leurs teintes

roses, — les paupières redevinrent calmes, — le frisson cessa, — les lèvres sourirent de nouveau.

Cette émotion dominée si rapidement ne fut point
remarquée par le marquis que Laurent Védel acca-
parait et qui, bien qu'un peu à contre-cœur, fit une
réponse favorable à la pressante requête de l'artiste.

— Merci ! mille fois merci !... — s'écria ce dernier
en serrant avec effusion les mains de son] hôte ; —
vous me rendez vraiment heureux !... — Ah ! comme
je le sens, ce portrait !... Une merveille !... Un tour
de force !... Je peindrai madame le marquise en
blanc ! sur un fond blanc !... Rien que du blanc !
ton sur ton ! le triomphe du blanc !... La gamme des
blancs y passera tout entière, avec des valeurs et des
finesses à réjouir la pensée !... — Voyez-vous d'ici
le mérite de la difficulté vaincue !...

Après une seconde de silence, Védel reprit :

— Mais, j'y songe, un peu tard, hélas ! — Dans
mon enthousiasme d'amant du beau, je manque
aux plus stricts devoirs de la plus élémentaire courtoisie !... — Permettez-moi, madame la marquise,
d'avoir l'honneur de vous présenter mon élève et
mon ami Hector Bégourde, un jeune peintre de
grand avenir...

Hector Bégourde, que nos lecteurs avaient reconnu
sans doute avant même que son nom ne fût prononcé,
devint pourpre, fit deux ou trois pas en avant, de

I.   17

mauvaise grâce, et salua d'une façon très-gauche, en murmurant des paroles incohérentes.

Lazarine, sans prononcer un mot, rendit le salut avec une politesse un peu hautaine et une souriante indifférence qui ne ressemblaient point à la familiarité presque affectueuse témoignée par elle à Laurent Védel quelques minutes auparavant.

Hector Bégourde, baissant la tête, tourna sur ses talons comme un enfant sauvage et se réfugia de nouveau derrière l'artiste.

Celui-ci, stupéfait de la soudaine étrangeté des allures de son compagnon, le regarda en riant et lui demanda :

— Qu'avez-vous donc, Hector ?...

— Je n'ai rien !... — répondit ce dernier d'un ton maussade. — Que pourrais-je avoir?

Laurent Védel haussant les épaules se pencha vers le marquis et lui dit à demi-voix :

— C'est très-curieux ! — Notez bien que ce cher garçon se pose en Faublas d'atelier et qu'il est la coqueluche des figurantes de petits théâtres et des étoiles de bals publics ! — Il m'assomme du récit de ses succès et me répète à tout propos que *les femmes le gobent!*... Voyez un peu ce que la présence d'une grande dame a fait de son aplomb vainqueur et de sa superbe désinvolture ! C'est très-curieux !

M. de la Tour-du-Roy n'eut pas le temps de répondre.

Le maître d'hôtel apparut avec solennité dans l'encadrement de la porte ouverte à deux battants par les valets de pied, et prononça la phrase sacramentelle :

— Madame la marquise est servie...

Laurent Védel s'empressa d'offrir à Lazarine son bras qui fut accepté avec un sourire, et conduisit triomphalement à la salle à manger la maîtresse de la maison.

Le marquis les suivit, après avoir fait passer devant lui Bégourde dont l'inexplicable gaucherie semblait l'intriguer fort.

Cette gaucherie du reste disparut brusquement comme elle était venue.

Avant la fin du premier service il n'en restait pas trace.

Bégourde s'était dit qu'il venait de jouer un rôle fort sot, et qu'il l'avait joué sans motif.

En retrouvant mariée et grande dame la jeune fille un peu légère avec laquelle, dix-huit mois avant cette époque, il avait ébauché un roman gaillard ; — en se souvenant de la façon sommaire et radicale dont Jules Leroux s'était débarrassé de lui ; — en admettant comme chose possible, sinon probable, que madame de la Tour-du-Roy songeât à le faire mettre à la porte par son mari, Hector, ou plutôt *Totor* comme l'appelaient ses camarades, avait subi l'une de ces commotions qui paralysent momentanément les facultés mentales.

Pendant dix minutes le naufrage de son intelligence, le désarroi de son esprit, avaient été complets.

Puis, peu à peu, la lucidité morale était revenue, ramenant la réflexion :

— Il est absurde de supposer,— pensa le jeune homme, — que madame de la Tour-du-Roy, l'ex-Lazarine de mes rêves, veuille me dénoncer à son auguste époux... — Pour accomplir un si noir projet il lui faudrait raconter par le menu les marivaudages d'autrefois, ce qui ne semblerait pas drôle à cette *noble tête de vieillard,* comme on disait dans la Tour de Nesle... — Donc je ne risque pas grand chose, et la preuve c'est que la marquise a fait semblant de ne me point connaître... — Tonnerre de Bougival, ai-je été bête tout à l'heure !... — Lazarine serait dans son droit en me déclarant idiot! Quant au patron de la case et à l'illustre Védel, ils me croient certainement atteint d'une imbécillité de première classe!... — C'est très-vexant tout ça !... — Il s'agit de me réhabiliter *illico !...*

En conséquence Bégourde redevint, comme par enchantement, l'artiste bohème un peu risqué, souvent trivial, mais en somme spirituel et drôle, que tout le monde connaissait.

Il amusa beaucoup le marquis par ses calembredaines de très-haute futaie, rendues plus drôlatiques encore par le sérieux avec lequel il les débitait.

— A la bonne heure! — s'écria Laurent Védel, — je retrouve mon Hector! — Tout à l'heure, j'étais presque inquiet, savez-vous...

M de la Tour-du-Roy, à deux ou trois reprises, rit franchement.

Lazarine au contraire resta sérieuse, fronçant ses sourcils noirs qui tranchaient si coquettement sur la blancheur de camellia de sa peau, et pinçant un peu les lèvres avec une petite moue méprisante.

Pas une seule fois d'ailleurs Hector ne s'adressa directement à elle.

Les symptômes dédaigneux que nous venons de signaler n'échappaient point au jeune homme. — Il semblait n'en tenir aucun compte et redoublait de verve gauloise.

Quoique l'automne fût bien avancé, la soirée était belle et tiède comme au mois de septembre.

On servit du café sur la terrasse, après dîner, puis le marquis et ses hôtes allumèrent des cigares et Lazarine, se disant un peu lasse, regagna son appartement.

M. de la Tour-du-Roy ne tarda guère à l'y rejoindre.

— Chère mignonne, — lui demanda-t-il, — comment trouvez-vous nos artistes?

— Laurent Védel me plaît, — répondit-elle ; — **il**
me paraît sympathique au plus haut point...

— Et l'autre?

— Ah! l'autre, par exemple, me déplaît à ravir!...
— Je le déclare intolérable!...

— N'êtes-vous pas un peu sévère?

— Vous me demandez mon impression... je vous
la dis en toute sincérité.

— Hector Bégourde est cependant très-beau...

— C'est possible... je n'en sais rien... — Je l'ai vu,
mais je ne l'ai pas regardé et certes je ne le reconnaîtrais point... — Ce qui m'irrite en lui, ce qui
m'excède, ce qui m'énerve, c'est ce genre à la fois
prétentieux et banal de commis voyageur en go-
guettes...— Comment pouviez-vous rire de ses balour-
dises sans gaieté! — J'admirais votre indulgence,
mon ami, pour ce déplorable farceur! — Si les artistes de la jeune école sont ainsi, je plains la jeune
école!...

Le marquis devint triste.

— En vérité, — murmura-t-il, — je suis au désespoir de vous avoir imposé ce garçon!...— Quelle ma-

ladresse de ma part !...— Maintenant que nous l'avons accepté pour convive, comment faire?

— Il ne faut rien faire... — répliqua vivement Lazarine. — Laissons les choses comme elles sont... — Me supposez-vous incapable de prendre mon parti d'un ennui sans importance?... — J'aime à croire d'ailleurs que ce monsieur, comprenant son échec, se tiendra désormais plus modestement à sa place...

— Voulez-vous que je parle de cela à Laurent Védel? — demanda Robert.

— Gardez-vous en bien, mon ami ! — s'écria la marquise.

— N'en parlez à âme qui vive, et nous-mêmes n'en parlons plus ! — Nous nous sommes occupés déjà de ce petit jeune homme beaucoup plus que ne le comporte sa personnalité si mince !...

M. de la Tour-du-Roy poussa un soupir et se tut.

XXIII

Cette nuit-là, madame de la Tour-du-Roy ne dormit guère...

Le dédain profond qu'elle venait d'étaler devant son mari avec un si grand flux de paroles manquait absolument de sincérité.

Loin de l'irriter, la présence imprévue du complice de son premier roman de jeune fille la troublait étrangement.

Sans doute elle n'avait point éprouvé d'amour sérieux pour le rapin excentrique, mais il lui avait plu, et, maintenant que le hasard les remettait en face l'un de l'autre, elle le trouvait charmant avec sa chevelure brune et bouclée, ses moustaches fines et ses yeux rieurs.

L'écrasante émotion manifestée par lui au moment

de la reconnaissance mutuelle la touchait singulièrement. Elle y voyait la preuve qu'un feu mal éteint
couvait sous la cendre au fond du cœur d'Hector, et
qu'un seul regard suffirait pour faire flamber de
nouveau ce feu.

Elle était reconnaissante à l'artiste de l'aimer
encore; d'ailleurs il apportait dans son existence
monotone de femme ennuyée et sans principes trois
choses plus précieuses que tout au monde : —l'attrait
du mystère et du mensonge, — le piment du fruit
défendu — (si cher aux filles d'Ève depuis le paradis terrestre) — et enfin la distraction tant souhaitée...

A coup sûr il en fallait moins pour qu'Hector fût le
très bien venu au château de la Tour-du-Roy...

Est-ce à dire que Lazarine formât dès ce moment
le projet de tromper son mari?

Elle n'y songeait point, — du moins dans le sens
absolu du mot *tromper*.

Elle acceptait la situation qui lui semblait devoir
être fertile en complications amusantes. — Elle n'en
calculait pas les périls ; — elle n'en prévoyait pas les
conséquences possibles et probables...

Son manque absolu de sens moral l'empêchait de
comprendre que la seule présence d'Hector Bégourde
dans la maison du marquis était un outrage pour ce
dernier.

17.

En cachant à Robert qu'elle connaissait l'artiste, Lazarine avait fait le premier pas sur le chemin de la trahison et, quand une femme est dans cette voie, il est bien rare qu'elle s'arrête avant d'être allée jusqu'au bout.

Tandis que les pensées dont nous venons d'indiquer la nature malsaine hantaient l'insomnie de la marquise et s'agitaient dans son cerveau fiévreux, Hector Bégourde, accoudé au balcon de sa fenêtre ouverte, réfléchissait de son côté en sondant du regard les profondeurs du parc que la lune naissante argentait.

— Parole d'honneur, — se disait-il, — elle est plus jolie encore qu'autrefois, cette Lazarine, mais pas si bonne enfant, par exemple !... Quel galbe de marquise !... Oh ! les marquises, engeance insolente !... Elle avait cependant pour moi, jadis, un fort béguin, quand elle était simple fille de banquier, et maintenant que la voilà grande dame elle me regarde de haut en bas et n'a pas l'air de me reconnaître !... — A quoi servent les révolutions, alors ?... — Est-ce que je ne suis pas l'égal de ce vieil ancêtre de marquis ? Mon talent vaut mieux que son titre, et je ne changerais point ma jeunesse pour ses millions !... — Ah ! si je pouvais recommencer le roman d'autrefois et tourner de nouveau la tête à cette belle patricienne !... — Ça serait la revanche de la démocra-

tie!... — La Tour-du-Roy supplanté par Bégourde !....
Quel triomphe doublement flatteur pour l'amoureux
et pour le radical !...

Hector quitta le balcon, bourra sa pipe dans l'obscurité, l'alluma et revint fumer à la fenêtre en se
posant cette question :

— Ai-je des chances ?

Il réfléchit longtemps, agitant le pour et le contre,
et voici comment il conclut :

— Une femme atteint toujours son but, surtout
quand elle n'est point sotte, et Lazarine a de l'esprit
jusqu'au bout des ongles.— Si ma présence au château la crispe sérieusement, elle aura trouvé demain
un petit prétexte ingénieux pour me congédier sans
se compromettre, et son antique époux n'y verra
que du feu.— Si au contraire elle ne dit mot, c'est
que je suis bel et bien toléré et alors tout devient
possible... — Me tolérera-t-elle ? — La question est
là... — Et sur ce, comme il se fait tard, Hector,
mon bonhomme, va te coucher.

L'artiste secoua les cendres de sa pipe, ferma la
fenêtre, se mit au lit, s'endormit d'un profond sommeil, et rêva que la marquise de la Tour-du-Roy
venait le trouver pour lui dire :

— Reprenons ensemble le roman interrompu, et
menons-le cette fois jusqu'au dernier chapitre...

Au point du jour Laurent Védel réveilla son compagnon.

— Allons, debout, paresseux !... — lui cria-t-il en riant. — Debout et à l'ouvrage ! ... Vous figurez-vous par hasard que nous sommes à la campagne pour y dormir la grasse matinée !...

Vers dix heures le marquis fit son apparition dans la galerie que décoraient les deux artistes.

— La situation est au moment de se dessiner... — pensa Bégourde — Ce ci-devant, sans le moindre doute, a déjà causé ce matin avec sa femme, même en supposant qu'ils ne soient pas camarades de lit, ce qui m'étonnerait fort... — S'il y a quelque chose, il va procéder par insinuation, et je le verrai venir... — Superbe tête d'ailleurs de mari légendaire et prédestiné !... — C'est étonnant comme il me rappelle un autre ancêtre du même style, un certain vicomte de Grandlieu que j'ai rencontré dans l'atelier de Georges Tréjan, et qui lui aussi, avait fait l'impair énorme d'épouser une trop jeune poulette. (*) — Tous imprudents, ces vieux coqs, et présomptueux !...

M. de la Tour-du-Roy paraissait jouir d'une complète liberté d'esprit.

Il se montra gracieux avec l'élève comme avec le maître, discuta spirituellement et en connaisseur

---

(*) *Les Tragédies de Paris.* — Dentu éditeur.

émérite diverses questions artistiques, et se retira
après avoir prévenu ses hôtes qu'on se mettait à table
pour déjeuner à onze heures précises.

— Tout va bien... — se dit Hector ; — Lazarine ne
m'a point démoli !...

— Charmant, ce marquis ! — fit Laurent Védel. — Il
est moins poseur qu'un bourgeois, et il comprend la
peinture. — Il me va !... — que pensez-vous de lui ?

— Je pense qu'il a une jolie femme... — murmura
Bégourde.

— Ce n'est pas moi qui vous contredirai ! — répliqua le peintre. — Madame de la Tour-du-Roy est
un vivant chef-d'œuvre !...

— Vous le lui avez assez dit, sapristi ! et sur tous
les tons !...

— Pur enthousiasme d'artiste ! — Ah çà, jeune
homme, pas de bêtise !... hein ?... Veillez sur votre
cœur !... Commandez à vos passions !...—La marquise
est bien séduisante, mais vous en seriez pour vos
soupirs...

— Croyez-vous donc que je sois un nigaud ? — répliqua sèchement Hector. — Je sais tout aussi bien
que vous qu'il n'y a rien à faire ici pour moi !...—Mes
opinions politiques me défendraient d'ailleurs toute
tentative de marivaudage avec une femme titrée...
— Et je ne transige point avec mes principes !...

Laurent Védel haussa les épaules en souriant, et répéta :

— Veillez quand même, croyez-moi !... Les principes n'empêchent pas les sentiments !...

A onze heures moins un quart les deux artistes s'habillèrent pour le déjeuner, et Bégourde donna des soins tout particuliers à sa toilette.

Un pantalon et un gilet d'une entière blancheur, un veston de velours noir, un foulard groseille noué avec une négligence coquette sous un col rabattu à la Colin, et enfin des bottines vernies éclatantes, lui parurent rehausser à souhait les avantages de son physique.

Il regretta seulement de ne pouvoir imposer à son visage un peu trop rose une pâleur intéressante ; — il avait résolu de modifier du tout ou tout ses allures en présence de Lazarine ; de supprimer les manifestations bruyantes de sa gaîté de rapin ; de jouer la passion contenue ; bref, *de la faire à la mélancolie*, comme on dit dans l'argot des brasseries et des ateliers.

L'occasion lui manqua d'ailleurs d'expérimenter à l'instant sa nouvelle mise en scène car la marquise, fatiguée d'une nuit d'insomnie ou désireuse peut-être de gagner du temps pour arrêter un plan de conduite, n'assista point au repas du matin, et son absence replongea Bégourde jusqu'au cou dans toutes sortes d'inquiétudes vagues et de suppositions taquinantes.

Inquiétudes et suppositions plausibles, mais non justifiées. — La journée se passa sans rien amener d'anormal, et madame de la Tour-du-Roy parut au moment du dîner, fraîche, souriante, éblouissante, entièrement vêtue de blanc, donnant à Laurent Védel une franche poignée de main, et accordant à Bégourde un petit salut indifférent et quasi protecteur.

— Cache-t-elle son jeu? — se demanda le jeune homme. — Ce parfait dédain me paraît bien exagéré pour être sincère! — J'éclaircirai la chose!... — Dans tous les cas Lazarine ne songe point à réclamer mon expulsion. — Je reste donc au cœur de la place, et c'est une première réussite.

Hector se tint religieusement parole. — Son attitude fut très-correcte pendant le repas. — Il se montra silencieux, rêveur, presque sombre.

La marquise, étonnée d'abord de cette métamorphose inattendue, finit par être prise de pitié.

— J'aurai sans doute été trop dure avec le pauvre garçon... — pensa-t-elle. — Il faut qu'il souffre vraiment beaucoup pour être devenu si triste!... — Sa gaieté d'hier était une gaieté menteuse!... Il n'a pas le courage aujourd'hui de continuer cette comédie...

Et à deux ou trois reprises elle adressa la parole avec bienveillance à Bégourde, qui lui répondit brièvement, d'une voix qu'un semblant d'émotion rendait un peu tremblante.

Après dîner, comme la veille, on prit le café sur la terrasse ; comme la veille Lazarine se retira au moment où le marquis et ses hôtes allumaient des cigares, mais au lieu de monter dans son appartement elle gagna le parc.

La lune n'était pas encore levée, mais aucun nuage ne voilait les profondeurs d'un ciel admirablement pur, et la pâle clarté des étoiles rendait les ténèbres transparentes.

Hector, debout et s'appuyant à la caisse d'un oranger gigantesque, regardait devant lui d'une façon toute machinale, cherchant à deviner la nature des objets lointains entrevus dans l'obscurité.

Tout à coup il tressaillit.

Une forme blanche, légère comme une vapeur ou comme un spectre, s'était dessinée pendant une seconde sur le fond noir des massifs, de l'autre côté de la pelouse immense séparant le parc du château.

Instinctivement le jeune homme devina que la blanche vapeur déjà disparue était la robe de la marquise.

Cette promenade nocturne et solitaire lui donnait la chance d'un tête-à-tête de quelques minutes, et ne se renouvellerait peut-être pas ; — il fallait saisir l'occasion par les cheveux.

En conséquence il se glissa derrière les caisses d'orangers, très-rapprochées l'une de l'autre, et marchant sur la pointe des pieds de manière à ne point signaler sa fugue à l'attention du marquis et de Laurent Védel engagés dans une causerie sérieuse, il atteignit l'escalier à double rampe, et à son tour descendit au parc.

Femme ou fantôme, la forme blanche avait disparu, mais Hector se rendait bien compte de l'endroit où elle lui était apparue et de la direction prise par elle.

Afin de ne point lui laisser le temps de gagner trop de terrain, il traversa la pelouse en diagonale au lieu de suivre l'allée de contour, et il atteignit en quelques minutes les massifs derrière lesquels s'ouvrait l'orée d'une longue avenue que la voûte épaisse du feuillage rendait noire comme un tunnel percé en pleine montagne.

Quelque chose de pâle mettait une tache moins obscure sur les fonds d'encre de cette avenue.

— La voilà, j'en suis sûr ! — pensa Bégourde.

Et comme il ne voulait pas rejoindre Lazarine, mais la rencontrer, il s'élança sous les taillis qui flanquaient l'avenue et se mit à courir sur la mousse, les mains tendues en avant pour éviter les chocs trop rudes contre les jeunes arbres, car il se trouvait en pleine obscurité de tombe, dans une nuit noire et sans reflet.

Quand il crut avoir assez amoindri la distance qui le séparait de la tache pâle, il ralentit sa course et n'avança plus qu'avec précaution, ne voulant pas don-

ner l'éveil à Lazarine,— si véritablement la personne
qu'il poursuivait était Lazarine.

De minute en minute il s'arrêtait et prêtait l'oreille.

Il entendait alors le frou-frou de plus en plus distinct d'une longue traîne glissant sur le sable de l'allée
couverte. — En même temps son regard plongeait
entre les touffes et, malgré l'épaisseur inouïe des
ténèbres, la tache blanche prenait vaguement une
forme féminine.

Bientôt Hector fut à la même hauteur que cette
forme, puis il la dépassa...

Il marcha droit devant lui pendant un instant
encore ; ensuite, quittant le taillis, il entra dans l'a-
venue et revint sur ses pas...

XXIV

L'artiste et la promeneuse nocturne, allant au devant l'un de l'autre, devaient se rencontrer au bout de vingt secondes.

La distance qui les séparait fut bientôt si courte que, quelques pas encore, et ils se heurteraient infailliblement.

Hector s'arrêta le premier.

En ce moment, Lazarine, — c'était bien elle, — parut s'apercevoir qu'un importun troublait sa solitude.

Elle fit halte à son tour en poussant un petit cri de frayeur, et demanda d'une voix agitée :

— Qui donc est là ?...

Notons en passant que si la robe blanche était visible dans les ténèbres, le pantalon blanc de Bé-

gourde ne l'était pas moins, et qu'en conséquence la
marquise savait d'avance à quoi s'en tenir.

— N'ayez pas peur, madame, — répondit le jeune
homme. — C'est un ami.

— Vous, monsieur Hector ! — fit Lazarine avec
une expression de surprise très-bien jouée.

— Vous daignez donc me reconnaître, à présent ?
— murmura le peintre, non sans amertume.

— Je suis moins oublieuse que vous le pensez... —
Hier au soir je vous ai reconnu du premier coup
d'œil...

— Et vous avez eu le courage d'être si cruelle pour
moi !...

— Que pouvais-je faire, jetée à l'improviste dans
une situation difficile ?... — Avais-je seulement le
temps de réfléchir ? — J'ai pris le parti que toute
autre femme aurait pris à ma place, et j'ai payé
d'audace en paraissant ne point vous connaître.

— Mais était-il besoin d'afficher tant de dédain ?

— Que voulez-vous ?... quand on s'impose un rôle,
on l'exagère malgré soi...

— Ainsi, vous ne me dédaignez point ?

— Ai-je besoin de l'affirmer ?... — Pourquoi vous
dédaignerais-je ?

— Vous n'avez pas chassé de votre mémoire les
chers souvenirs qui sont la joie de ma vie ?...

— Je les ai gardés tous... — Aujourd'hui comme

au temps dont vous parlez, vous êtes un ami pour moi.

— Un ami seulement ?... — balbutia l'artiste d'un ton très-passionné, — rien qu'un ami ?...

— Vous ne pouvez être autre chose... vous le savez bien... — Je ne m'appartiens plus... je suis mariée...

— Qu'importe cela?

— Comment, qu'importe? — s'écria Lazarine.

— Sans doute! — Le marquis de la Tour-du-Roy a près de quatre fois votre âge! — Ce n'est point un mari pour vous, c'est un père, ou plutôt c'est un aïeul! Vous ne pouvez l'aimer!... Je suis sûr que vous ne l'aimez pas...

— Monsieur Hector, ce que vous dites là est très-mal! Je ne vous permets point de me parler ainsi!

— Autrefois vous ne me disiez pas : *Monsieur!*... — vous m'appeliez *Hector* et je vous appelais *Lazarine*... — Avez-vous oublié cela ?...

— Non... mais les temps sont changés...

— C'est vrai !... — Vous êtes marquise aujourd'hui et six fois millionnaire, c'est-à-dire au sommet du monde, tout au haut de l'échelle !... — Et moi je suis resté l'artiste obscur et pauvre, c'est-à-dire tout en bas... aux derniers échelons !... — Oui, vous avez raison, et les temps sont changés !... — Jadis j'avais deux biens, mon unique richesse : l'insouciance et la

gaieté !... Aujourd'hui, je les ai perdus !... — Jadis
la vie me semblait joyeuse !... Elle me paraît lourde
aujourd'hui !... — Ma menteuse folie n'est qu'un
masque sur ma souffrance, et si je ris encore, c'est
pour ne pas pleurer !...

Hector débita cette tirade prétentieuse avec une
chaleur que certains jeunes premiers de nos théâtres
de genre auraient pu lui envier.

Lazarine ravie ne s'ennuyait plus. — Elle éprouvait une sorte d'émotion vague et factice. — Elle se
sentait vivre.

— Pourquoi cette souffrance ? — demanda-t-elle,
— pourquoi ces larmes contenues ?...

— Parce que je vous aime, — répondit carrément
le jeune homme, — et parce que tout espoir de me
rapprocher de vous un jour me semblait à jamais
perdu...

La déclaration était précise.

Madame de la Tour-du-Roy ne s'en formalisa nullement, mais trouva néanmoins que l'artiste allait
un peu trop vite.

— Silence !!! — commanda-t-elle.— Je ne dois
point entendre ces choses ! je vous défends de me
les répéter !

— Et,— répliqua Bégourde,— si je désobéis ?...

— Cet entretien sera le dernier.

— Alors, qu'il cesse à l'instant même ! — s'écria

l'artiste. — A quoi bon nous trouver réunis si vous m'imposez le silence ? — Mon cœur ne bat que pour vous aimer !... Mes lèvres, près de vous, ne peuvent prononcer que ces mots : — *Je vous aime!!!* — chassez-moi donc ou écoutez-moi !

— Ni l'un ni l'autre ! — répondit Lazarine en souriant. — Je veux vous garder comme ami, et je prétends vous rendre raisonnable...

Les paroles qui précèdent s'étaient échangées dans les ténèbres de l'avenue couverte.

La marquise et l'artiste marchaient côte à côte très-lentement ; — leurs mains se touchaient presque ; — la jeune femme effleurait par moments de son haleine le visage d'Hector ; — elle l'enveloppait du parfum pénétrant de sa chevelure ; — elle respirait l'odeur de cigare dont le veston de velours était imprégné ; — mais les deux promeneurs ne pouvaient se voir tant l'obscurité était profonde.

Lazarine s'aperçut tout à coup que des lumières allaient et venaient derrière les vitres de la façade du château.

— On me cherche sans doute... — fit-elle vivement. — Je me sauve... adieu... Ne rentrez que dans une demi-heure.

— Vous me dites adieu ! — murmura Bégourde en la retenant, — mais ce n'est pas *adieu*, n'est-ce pas ? c'est *au revoir*?...

— Oui, si vous êtes sage...

— Et quand vous reverrai-je ?... Quand m'accorderez-vous de nouveau quelques-unes de ces minutes pour chacune desquelles je donnerais une année de mon existence ?...

— Demain, si c'est possible... ici... à la même heure... — Je ne réponds de rien, n'étant pas maîtresse de moi, mais enfin je tâcherai...

Et n'écoutant pas davantage son adorateur qui ne voulait point la laisser partir sans lui baiser au moins les mains, Lazarine jeta sur son bras gauche la traîne de sa robe, comme elle y jetait d'habitude la longue queue de son amazone, et prit sa course du côté du château.

Bégourde, — à qui la marquise venait d'enjoindre de rentrer seulement dans une demi-heure, — gagna le tunnel de l'allée couverte, et tout en allumant un cigare se dit :

— Je suis très-fort !... — Je joue positivement comme un ange les rôles d'amoureux sérieux, dont je n'avais pas la teinture la plus élémentaire !... — La petite marquise est pincée ! — Elle ira vite et loin ! — Je la tiens ! — Plus drôle du tout, la petite marquise, mais si jolie, et puis marquise !... — Je vais m'enmarquiser bel et bien, en dépit de l'esprit de caste, et ça aura un rude cachet !...

Madame de la Tour-du-Roy ralentit sa marche à

mesure qu'elle approchait de l'habitation, et gravit d'un pas tranquille les degrés du perron.

Sur la terrasse elle trouva son mari. — Il était seul.

— Savez-vous, chère enfant, — lui dit-il, — que j'étais presque inquiet de vous...

— Inquiet de moi ! — répéta Lazarine, — et à quel propos, grand Dieu ?...

— J'ignorais ce que vous étiez devenue, et je vous demandais vainement aux échos !...

— Je faisais un tour dans le parc...

— A cette heure nocturne et toute seule ! — Et n'aviez pas peur ?...

— Je suis très-brave ! — répliqua la jeune femme en souriant.

— Pourquoi n'avoir point réclamé mon bras ?... J'aurais été si heureux de vous l'offrir...

— Vous causiez avec M. Védel. — Pourquoi vous déranger ? — Je recherchais d'ailleurs la solitude et le silence... — J'avais un commencement de migraine.

— Et maintenant ?

— Le silence et la solitude ont agi. — Je vais beaucoup mieux...

— Un bon sommeil achèvera la guérison...

— Je l'espère et j'y compte...

Le marquis reconduisit sa femme dans son appartement, et au moment de la quitter, car la migraine prétendue exigeait l'isolement, il lui demanda :

— Votre opinion s'est-elle un peu modifiée au sujet du pauvre garçon qui vous agaçait si fort les nerfs ?...

— Oui et non... — Je le trouve agaçant toujours, mais d'une autre manière... — Il était inconvenant, il n'est plus qu'ennuyeux... — Son prétentieux mutisme, au dîner, et ses airs de saule pleureur, étaient absolument ridicules... — Cependant il y a progrès et la *seconde manière* est préférable à l'autre. — Je vous soupçonne fort de l'avoir, malgré ma défense, fait semoncer par Laurent Védel.

— Je n'ai rien dit, je vous l'affirme...

— Alors ce jeune homme a compris que se trouvant, pour la première fois de sa vie, admis à la table de gens du monde, il fallait laisser à la porte les mœurs des tavernes, et ne sachant point le langage de la bonne compagnie il prend le parti de se taire... — C'est sage et c'est prudent...

M. de la Tour-du-Roy se mit à rire.

— Ce pauvre Hector, — murmura-t-il, — décidément vous le détestez !

Lazarine haussa les épaules.

— Le détester ? — répéta-t-elle ensuite avec une nonchalance écrasante. — Ah ! Dieu, non, par exemple ! je ne lui fais pas cet honneur !... — L'indifférence est tout ce qu'il mérite, et je ne lui marchande point la mienne...

Le lendemain Bégourde eut une déception sérieuse.

Un peu avant l'heure du dîner le temps se mit à la pluie, rendant impossible toute rencontre sous les ombrages du parc ; — on passa la soirée dans un petit salon où le marquis et Laurent Védel, très-forts aux échecs tous les deux, entamèrent une partie interminable, et pas une parole ne fut échangée entre Hector et Lazarine.

Le jour suivant un ciel radieux permit aux jeunes gens de se dédommager.

M. de la Tour-du-Roy devait à l'artiste la revanche d'une partie gagnée la veille au soir, et, tandis qu'il lui donnait cette revanche, la marquise courait au rendez-vous de l'allée couverte.

Pendant une demi-heure Bégourde débita de sa voix la plus câline toute une série de madrigaux préparés avec soin et qu'il jugeait irrésistibles... — puis il devint entreprenant et tenta de conduire Lazarine vers un kiosque rustique dont il avait étudié la position.

La marquise savoura les madrigaux, mais pour le reste se montra sévère, ne permit aucun empiétement sur les droits du marquis, et déclara de façon très-nette que la moindre allusion au kiosque la contraindrait à s'éloigner sans esprit de retour.

Cette belle défense d'une femme qui se compromettait si follement peut sembler invraisemblable, et s'explique pourtant sans peine.

Lazarine, dans ces rendez-vous dangereux, ne voyait qu'un amusement de haut goût, une distraction corsée.

Elle voulait lire le roman d'un bout à l'autre, sans en sauter une page, sans en couper une longueur. — S'il était tout à fait impossible de supprimer le dénouement, eh bien, elle le subirait, mais à regret et le plus tard possible... à une époque déterminée et vague qu'elle rejetait très loin...

Sa nature encore froide de toute jeune femme la mettait presque complétement à l'abri d'une surprise des sens. — Donc Hector, à moins que le dieu Hasard ne se déclarât à l'improviste pour lui, se trouvait à une grande distance du but qu'il se croyait près d'atteindre...

Cette ferme croyance le tenait d'ailleurs en joie, et pendant trois soirées consécutives il se dit avec conviction, en quittant Lazarine qui ne lui accordait pas même un baiser :

— Ce sera pour demain...

Un incident imprévu allait se produire et modifier absolument la situation déjà si tendue de nos personnages.

XXV

Un matin, — huit jours environ après l'arrivée au château de Laurent Védel et d'Hector,—le marquis et Lazarine étaient sortis pour une promenade à cheval.

En rentrant, vers dix heures, ils trouvèrent Jules Léroux fumant un cigare sur la terrasse.

L'ex-banquier, qui s'ennuyait fort aux Vertes-Feuilles venait déjeuner avec son gendre et sa fille.

La jeune marquise embrassa son père sans beaucoup d'effusion, demanda des nouvelles de ses sœurs pour l'acquit de sa conscience, et, laissant ensemble les deux hommes, monta chez elle afin d'échanger son vêtement d'amazone contre un peignoir.

Tout naturellement M. de la Tour-du-Roy parla des travaux qu'il faisait exécuter par deux artistes parisiens et prononça le nom de Laurent Védel.

Non moins naturellement Jules Leroux témoigna le désir de voir ces travaux.

Le marquis le conduisit dans la galerie où le maître et l'élève, installés sur leurs échelles respectives, peignaient avec ardeur.

— Cher monsieur Védel, — dit-il, — je vous présente mon beau-père, M. Jules Leroux... Monsieur Jules Leroux, M. Védel, dont vous appréciez en connaisseur le talent si fin et si distingué...

Pendant cette présentation et les poignées de main qui la suivirent, Hector prenait sur son échelle l'attitude la plus bizarre.

— Sapristi ! — pensait-il, — ça va mal !... Si ce philistin me reconnaît, patatras !... or, comment ne me reconnaîtrait-il pas ?... En voilà de la déveine !...

Et, paraissant s'absorber dans sa besogne, il tournait avec obstination le dos aux visiteurs, en se servant de sa palette en guise d'éventail pour cacher son visage.

Cet embarras manifeste frappa M. de la Tour-du-Roy qui s'apprêtait à présenter le jeune homme à son tour. — Il crut à quelque nouvelle crise de timidité et s'abstint de passer outre.

Mais l'ex-banquier, après avoir admiré les peintures de Laurent Védel, s'approcha du panneau qu'Hector brossait avec un redoublement de zèle.

— En vérité, monsieur, — fit-il, — voilà qui me

paraît d'un réussi parfait, et vous marchez digne-
ment sur les traces du grand artiste dont vous par-
tagez les travaux !

Pour unique réponse à cette phrase élogieuse, Jules
Leroux obtint une sorte de grognement inarticulé.

Étonné de cette flagrante impolitesse il regarda
fixement Hector qui se dissimulait en vain derrière
sa palette, et il s'écria :

— Eh ! mordieu ! monsieur Bégourde, je ne me
trompe pas, c'est bien vous !...

— Tout à votre service, monsieur Leroux... — balbutia l'artiste, désespérant de conserver son incognito.

— Vous vous connaissez ? — demanda le marquis
stupéfait.

— Oui... oui... nous nous connaissons, et beaucoup... — répliqua le père de Lazarine avec ironie. —
M. Bégourde a collaboré pendant six semaines aux
peintures de mon hôtel du boulevard Haussmann, il
y a dix-huit mois... au temps où j'avais un hôtel...

Hector, pour dire quelque chose et pour cacher son
trouble, murmura :

— J'étais à cette époque élève de Jawosky...

— Et vous avez fait, depuis lors, beaucoup de progrès, monsieur Bégourde !... — reprit Jules Leroux
d'un ton de plus en plus sarcastique. — Mes compliments !...

— Vous êtes trop bon, monsieur Leroux... beaucoup trop bon, — balbutia platement Hector.

— Ce n'est pas mon avis, monsieur Bégourde! —
Je ne suis que juste, strictement juste, et vous le
savez bien car vous en avez eu la preuve...

Hector baissa la tête ; sa confusion devint telle qu'il
laissa tomber ses pinceaux, et qu'il lui fallut descendre de l'échelle pour les ramasser...

Le marquis écoutait ce singulier dialogue et se sentait le cœur oppressé par une vague angoisse.

Vivant loyalement en pleine lumière, il se trouvait
transporté tout à coup dans un milieu d'inquiétante
obscurité...

Pour la première fois de sa vie peut-être, il éprouvait un sentiment douloureux qui ressemblait beaucoup au doute, à la défiance, au soupçon...

Le jeune artiste avait hanté pendant six semaines
l'hôtel de Jules Leroux...

Pourquoi Lazarine et lui semblaient-ils donc ne se
point connaître ?

Pourquoi Lazarine à cette question : « — *Hector
Bégourde est très-beau, n'est-ce pas?* » — avait-elle
répondu : — *C'est possible... je n'en sais rien... — Je
l'ai vu, mais je ne l'ai pas regardé, et certes je ne le
reconnaîtrais point!...*

Comment Hector, de son côté, faisait-il mystère

des travaux exécutés par lui chez le père de la marquise?

Que signifiait cela? — à quelle cause attribuer ce silence? — quel motif supposer à ce double mensonge?

Robert se demandait ces choses et ne pouvait pas se répondre.

Il prit le bras de Jules Leroux, le conduisit hors de la galerie, l'entraîna dans le parc et lui dit d'une voix agitée qui décelait son trouble intérieur :

— Me permettez-vous de vous adresser une question?

— Certes !

— Et me promettez-vous d'y répondre sans détour et sans réticences?

— Je vous le promets...

— Ou j'ai mal compris le ton dont vous parliez tout à l'heure à Hector Bégourde, ou le passage de ce jeune homme dans votre maison vous a laissé de fâcheux souvenirs...

— Mon cher marquis, vous ne vous trompez pas.

— Il vous a donné lieu de vous plaindre de lui?

— Je n'ai pas eu à me louer de nos relations.

— J'ai le plus grand intérêt, — vous le sentez, — à connaître la nature de vos griefs contre un garçon qui est mon hôte et que je reçois à ma table... Avez-vous à lui reprocher quelque indélicatesse?

— Non... non... — répliqua vivement l'ex-banquier, — je ne doute point de sa probité !

— Qu'a-t-il donc fait, alors ?

— Ce qu'il a fait... — commença Jules Leroux ; mais il n'acheva pas.

L'idée qu'il allait dénoncer Lazarine à son mari le frappait tout à coup, et il se reprochait amèrement de s'être jeté dans une impasse d'où il ne savait plus comment sortir.

— Ce qu'il a fait... — répéta-t-il au bout d'une ou deux secondes en parlant avec une extrême lenteur pour se donner le temps de remplacer des idées par des mots, — c'est assez peu commode à expliquer...

— Pourquoi ?...

— Parce qu'il me serait impossible d'articuler des accusations nettes et positives. — Mon opinion fâcheuse sur Hector Bégourde résulte d'un ensemble de circonstances qui, considérées isolément, sont d'importance minime et ne prennent de gravité qu'en formant un faisceau... — Les habitudes de ce jeune homme, ses mœurs, ses opinions, sont de fâcheuse espèce. — Je me suis informé... les renseignements ont été déplorables, sauf, je vous le répète, en ce qui touche à la probité. — Bégourde appartient à une bohème dont vous n'avez, vous, grand seigneur, aucune idée. — Sa présence est compromettante pour une maison...

— Si cette maison le recevait comme ami, je com-
prendrais cela, — interrompit M. de la Tour-du-Roy,
— mais lorsqu'il n'est admis qu'en qualité d'artiste?...

— Compromettant quand même, croyez-moi!... —
Vous m'avez demandé mon avis, je vous le donne...

— Alors, vous regrettez de le voir ici?

— J'en éprouve une contrariété vive...

— Vous me conseillez de l'évincer?

— Je vous le conseille de toutes mes forces.

— Je voudrais le faire, mais comment m'y prendre? — Vous convenez vous-même que vos accusations n'ont rien de précis. — Je ne puis donc, pour
mettre ce garçon dehors, m'appuyer sur un grief
positif. — Sous quel prétexte lui signifier son congé?

— Cela vous embarrasse?

— Au-delà du possible.

— Voulez-vous que je m'en charge?

— Je n'osais vous le demander, mais j'en serais
reconnaissant...

— Alors, tenez que c'est chose faite... — Je m'ex-
pliquerai avec lui en sortant de table, et dès ce soir
il aura disparu... à propos, il faudra lui payer son
travail...

— Et le payer de façon très-large... — Vous lui
remettrez deux mille francs... — C'est le chiffre sti-
pelé pour lui par Laurent Védel, mais le labeur

devait durer un mois, et nous ne sommes qu'au hui-
tième jour...

— Peste ! Vous êtes généreux, et vous avez d'ailleurs absolument raison ! — Tout sera fait selon vos
désirs.

La conversation changea de sujet et, quoique Jules
Leroux essayât de lui donner une animation factice,
se traîna languissante jusqu'au troisième coup de
cloche annonçant le déjeuner.

Le marquis restait convaincu que son beau-père
lui taisait quelque chose, et que le seul grief motivant
sérieusement l'expulsion de Bégourde était celui qu'il
ne disait pas.

Tout en reprenant le chemin du château, il demanda d'un ton d'indifférence :

— Lazarine et sa sœur Renée, si j'ai bonne mémoire, étaient encore en pension il y a un an ?

Jules Leroux ne devina point le piége.

— Vous vous trompez, cher marquis, — répliqua-t-
il. — La fortune que je n'ai pas su conserver me
permettait de donner à mes filles, au logis, des
maîtres de toutes sortes... — Elles n'ont jamais quitté
la maison paternelle...

M. de la Tour-du-Roy devint un peu pâle.

Désormais il savait ce qu'il voulait savoir.

Il lui paraissait matériellement impossible que Lazarine ne connût point Hector, ne fût-ce que de vue,

puisqu'elle habitait l'hôtel du boulevard Haussmann à l'époque où chaque jour, pendant six semaines, il venait y travailler.

Ainsi la jeune femme se trouvait prise en flagrant délit d'imposture...

S'était-il donc établi, entre elle et l'excentrique rapin, des relations qu'il fallait cacher?

La seule possibilité d'un doute à cet égard infligeait à M. de la Tour-du-Roy une intolérable souffrance, qu'il s'efforçait de dissimuler.

Si Jules Leroux avait conçu l'espoir de se retremper chez son gendre dans cette atmosphère de gaieté qui manquait aux Vertes-Feuilles, cet espoir devait se réaliser bien mal.

Le déjeuner fut d'une tristesse inouïe.

Lazarine, devenue pourpre en voyant son père et Bégourde en face l'un de l'autre, envisageait avec terreur les conséquences de cette rencontre et ne pouvait dominer son émotion. — La fièvre la brûlait. — Des frissons nerveux passaient sur sa chair et faisaient trembler ses mains. — Elle avait des distractions singulières; n'écoutant plus, ne comprenant pas répondant au hasard.

Aucun de ces symptômes, — qui tous accusaient la jeune femme, — n'échappaient aux yeux investigateurs du marquis, mis en éveil.

L'ex-banquier déplorait de plus en plus son imprudence et pliait les épaules sous le fardeau des reproches qu'il s'adressait.

Qu'avait-il besoin de se faire sottement le Don Quichotte des intérêts conjugaux de son gendre?

S'il convenait à Lazarine mariée de donner une suite aux peccadilles amoureuses de Lazarine jeune fille, en quoi cela regardait-il le beau-père de M. de la Tour-du-Roy?

N'eût-il pas mieux valu cent fois ne rien voir et ne rien savoir?...

Jules Leroux se disait ces choses et s'absorbait dans son repentir, hélas! un peu tardif.

L'attitude penaude de Bégourde se devine sans qu'il soit besoin de la décrire. — Le pauvre garçon était littéralement aplati et ne cherchait même pas à faire bonne mine à mauvais jeu.

Le marquis, silencieux et sombre malgré ses efforts pour conserver sa physionomie habituelle, étudiait ces visages décomposés, sur lesquels il cherchait la solution de l'effrayant problème.

Seul, Laurent Védel était exactement le même que de coutume; mais, personne ne lui donnant la réplique, il se conformait au mutisme général, buvant sec et mangeant de grand appétit, tout en se demandant quelle catastrophe inexpliquée venait de fondre sur le château et d'en foudroyer les habitants.

En de telles conditions, le repas ne pouvait se pro-
longer.

Les deux artistes regagnèrent la galerie.

— Je suis un peu souffrante, — dit Lazarine à
son mari et à son père, — la course de ce matin m'a
fatiguée... — Je vous demande la permission d'a-
ler dormir une heure.

Sans attendre la réponse, elle disparut.

Le marquis proposa une partie d'échecs à Jules Leroux.

— Je suis votre homme, — répondit ce dernier, —
mais auparavant, vous le savez, j'ai une exécution à
faire et je vais, si vous le trouvez bon, y procéder sans
le moindre retard... — Donnez-moi les deux mille
francs...

Et il prit à son tour le chemin de la galerie.

Hector Bégourde, en le voyant entrer et en cons-
tatant qu'il revenait seul, eut un pressentiment de
mauvais augure.

FIN DU PREMIER VOLUME.

F. Aureau. — Imprimerie de Lagny.

www.ingramcontent.com/pod-product-compliance
Lightning Source LLC
Chambersburg PA
CBHW050157030726
47505CB00005B/1416